KB274715

보라의 트렁크

보라의 트렁크

한상운 소설집

네오픽션

차례

보라의 트렁크

너는 영화를 보는 중이다. 읍에 하나뿐인 동시 상영관. 이곳에선 언제나 싸구려 에로 영화나 한물 간 액션 영화를 틀어준다. 천장에서는 회반죽 부스러기가 떨어지고 낡은 좌석에선 썩은 내가 올라온다. 끝자리에 변태 몇 명이 서로를 물고 빨고 핥는다. 스크린에 비친 벌거벗은 남녀는 초점이 맞지 않아 흐릿하고, 낡은 영사기는 가끔 꺼질 때도 있지만 아무도 신경 쓰지 않는다. 너조차도 그렇다.

로비에는 그동안의 성원에 감사드린다는 플래카드가 붙어 있다. 극장은 머지않아 헐리고 복합 쇼핑몰이 지어질 예정이다. 대부분의 주민이 극장이 없어지는 걸 반긴다. 당연한 일이다. 파리 떼나 날리는 흉물스러운 극장이 없어지고 쇼핑몰이 들어서는 편이 지역 경제에도 도움이 될 테니까.

너는 극장에 앉아 보라를 생각한다. 남들의 눈을 피해 극장에 왔던 일을 떠올리고, 그때 나눈 이야기를 생각하며, 흐릿한 영사기 불빛 아래서 그녀에게 키스했던 일을 떠올린다. 더 이상 넌 그녀를 보지 못한다. 그녀는 널 버렸고, 다시는 네게 연락하지 않을 것이다.

"형님, 한참 찾았습니다."

두꺼비가 옆자리에 앉으며 말한다. 녀석은 선생을 두들겨 패고 네 밑에 들어온 열일곱 살짜리 양아치다. 두꺼비는 땀으로 얼룩진 셔츠를 잡아당기며 속삭인다.

"큰형님이 빨리 사무실로 오라시는데요."

얼마 전, 큰형님은 온천개발조합을 결성하고 옛 군청 터의 마을 회관에 사무실을 냈다. 큰형님은 온천에 대해 아무것도 모르지만 돈이 된다면 무슨 일이든 한다. 너는 십 대 중반에 큰형님을 만나 지금까지 밑에서 일하고 있다. 덕분에 너는 별별 일을 경험했다. 단란주점에서 삐끼 일도 해봤고, 채권 추심, 나이트클럽의 영업부장 일도 했다. 지금 너는 실적 하나 없는 수상쩍은 리조트 개발사의 홍보이사다.

보건소 뒤편의 돌산에서 온천이 발견된 뒤의 일이다. 평당 이십오만 원짜리 돌산의 가치는 순식간에 스무 배 가까이 뛰었고 사방에서 복부인들이 몰려들었다. 큰형님은 조합을 만들고 수상쩍은 리조트 개발사의 부사장이 되었다. 협상 창구의 일원화를 통해 땅 값을 올려야 한다는 게 형님의 주장이다.

형님은 사무실에서 줄담배를 피워가며 서류를 들여다보고 있다. 너는 큰형님의 지시를 받고 지역민들에게 땅을 사는 일을 한다. 값을 후려치고, 팔지 않겠다는 자들은 협박하고, 가끔은 주먹을 쓰기도 한다.

"어디 갔었냐?"

큰형님은 돋보기안경을 벗으며 퉁명스럽게 묻는다. 조합장이 된 후로 그는 가급적 화내지 않으려 노력한다. 하지만 건달 냄새는 쉽게 사라지지 않아 소매 밖으로 드러난 조악한 청룡靑龍 문신처럼 표가 난다.

"그냥 좀 쉬고 있었어요. 무슨 일 있어요?"

"보라 얘기 들었냐?"

설마 잡힌 걸까. 너는 떠오른 것만큼이나 빠르게 생각을 지워버린다. 보라는 그렇게 둔한 여자가 아니다. 하지만 너를 만나러 왔다 잡혔을 수 있지 않을까. 말도 안 되는 생각이라는 걸 알면서도 너는 은근한 기대를 품는다. 희망만이 네게 남은 전부니까.

"걔가 왜요?"

큰형님이 손을 까딱이자 두꺼비가 커피를 타기 시작한다. 달짝지근하고 구수한 인스턴트커피 향이 코를 찌른다. 큰형님은 아무렇지 않게 말한다.

"뒈졌나 봐."

순간적으로 머릿속이 텅 빈다. 너는 의자에 몸을 묻고 손잡이를 꽉 잡는다. 고개를 숙인 채 숨을 가다듬는다. 몸 전체가 심장이 된 것 같다. 피가 거꾸로 솟구쳐 얼굴이 폭발할 것처럼 뜨거워진다. 큰형님의 이태리산 수제 구두가 눈물로 어릿어릿하게 보인다.

형님의 목소리가 들린다.

"김 형사한테 전화 왔다. 산에서 시체가 나왔는데 그년 같대. 와서 시체 확인하란다. 그 새끼도 참 싸가지가 없어. 하다 하다 이제 신원 조회까지 나한테 맡겨."

큰형님은 커피를 한 모금 마신 후 말을 잇는다.

"병원 가서 확인하고 와. 그년 맞으면 바로 연락하고. 돈 문제 관련해서는 입도 뻥끗하지 마라. 김 형사가 나한테 전화한 거 보면 뭔가 있어. 그 새끼가 돈 냄새 맡는 거 하나는 기가 막히거든. 뭘 물어봐도 모른다고 하고. 무조건 잡아떼."

*

너는 병원 앞에서 담배를 피운다. 안에 들어갈 엄두가 나지 않는다. 죽은 이가 보라라면. 정말 그렇다면. 그 비열한 계집애가 뒈져버렸으면 좋겠다고 생각했다. 하지만 지금 넌 영안실에 누워 있을 시체가 그녀가 아니길 바란다. 네가 안 보이는 곳에서 행복하길 바란다.

너는 마지막 한 모금을 깊이 빨아들인 후 병원으로 들어간다. 로비에는 외래 진료가 취소된 과목의 명단이 붙어 있다. 군청이 있고 도로변을 따라 제재소와 정비 공장이 줄지어 늘어섰던 시절에는 인근 읍면에서까지 환자들이 몰려들 만큼 잘나가는 병원이었다. 하지만 시군 통합으로 군청이 이전하고 인근에 신도시가 들어선 지금, 이곳은 유령의 집처럼 휑하다. 병원이 유지되는 건 장례식장 수익 때문이다. 읍내 인구의 대다수가 노인이라 죽을 사람이 모자라진 않다. 평일 오후에도 장례식장은 사람들로 북적인다. 부모를 묻으러 도시에서 온 사람들. 장례식만 끝나면 이곳에 다시 오지 않을 사람들이다. 병원 역시 극장처럼 문을 닫게 될 것이다.

병원 지하에 김 형사가 있다. 형사는 널 보고 눈을 치켜뜬다.

"용식이 불렀는데 왜 네가 오냐?"

"조합 일 땜에 바쁘셔서요."

"그 새끼, 거물 됐네."

김 형사는 깨진 앞니 사이로 침을 뱉는다. 너는 큰형님을 만나기 전 김 형사에게 네 번 붙잡혔고 두 번 소년원 신세를 졌다. 십 년 전의 김 형사는 세상 누구보다도 강하고 무서운 남자였다. 곰 같은 덩치에 단단한 주먹, 어떤 거짓말도 꿰뚫어 보는 듯한 눈빛까지. 하지만 지금 네 앞에 있는 김 형사는 허세만 남은 꼰대에 불과하다. 지역 유지들 뒤를 봐주며 용돈이나 받아 쓰는 한심한 인생. 마누라는 돈독이 올라 외지인들과 함께 기획 부동산을 파는 일에 열을 올리고 갓 고등학교에 들어간 아들은 건달을 꿈꾸며 형님 주위를 기웃

거린다.

너는 형사를 따라 영안실로 간다. 형사는 앞장서 걸으며 쉬지 않고 떠든다.

"농협에서 일하는 치걸이 알지? 걔가 출근하다가 논두렁에 시체 있는 거 보고 신고했다. 어떤 새끼인지 모르지만, 땅을 깊게 안 팠어. 한심한 새끼지. 어제 비 얼마 오지도 않았잖냐. 근데 토사랑 같이 흘러내려온 게 말이 되냐."

너는 망설이다 묻는다.

"보라가 확실합니까?"

"그럼 또 누가 있냐? 이 동네에 가출한 애가 있냐, 이사 간 집이 있냐. 다방 애들 불러서 물어볼까 했는데, 걔들은 시체 보면 기절할 게 분명하고. 그래서 용식이 불러서 확인하려고 한 거지. 걔가 눈썰미가 있으니까. 특히 몸 파는 계집애들."

김 형사는 널 돌아보며 히쭉 웃는다.

"너도 용식이 밑에 오래 있었으니까 잘 알겠네. 너 보라 알지?"

너는 고개를 끄떡인다. 보라는 육 개월 전 자기 몸통만 한 트렁크를 끌고 버스 터미널에 나타났다. 그녀는 그날 바로 버스 터미널 앞 다방에 취직했고, 너를 비롯해 많은 남성들을 손아귀에 넣고 흔들다 다방에 있던 돈을 몽땅 들고 달아났다. 그 후로 너는 다시 그녀를 보지 못했다.

병원의 외과의이자 군내 유일한 검시관이 영안실에서 너희를 기다리고 있다. 그 역시 너와 아는 사이다. 네가 철모르고 날뛰던 시절, 술병에 맞아 찢어진 상처를 꿰매줬다. 그는 냉동고 문을 열고 트레이를 당긴다. 하얀 천을 머리까지 뒤집어쓴 사람의 윤곽이 보인다. 김 형사가 네게 연고를 건넨다.

"이거 코밑에 발라라. 냄새가 아주 좆같애."

너는 천을 뒤집어쓴 시체를 뚫어져라 쳐다본다. 너는 저기 누운 여자가 보라가 아니길, 제발 아니길 기도한다.

"그럼 볼까?"

김 형사가 이불을 들추자 안구가 썩어 없어진 눈구멍과 말라비틀어진 근육이 드러난다. 검게 쪼그라든 입술 사이로 치아만이 허옇다. 생각보다 험한 꼴에 너는 뒷걸음치다 옆 침대에 부딪쳐 고꾸라진다. 김 형사의 입가에 비릿한 미소가 맺힌다.

"너 보기보다 겁이 많구나?"

너는 심호흡을 하며 마음이 가라앉기를 기다린다. 저기 죽은 여자는 보라가 아니다. 절대 그녀일 리가 없다. 너는 주문처럼 그 말을 되뇌며 시체를 향해 다가간다. 하지만 그녀는 반지를 끼고 있다. 반쯤 살점이 떨어져 나간 약지에 걸려 있는 티파니 러빙 하트. 영원한 사랑의 약속. 그녀가 널 버리고 떠난 뒤, 너는 끊임없이 그 이유를 생각했다. 그리고 답을 알 수 없게 되어버린 지금, 너는 자기혐오에 빠져 있을 때가 차라리 나았다고 생각한다.

"보라 맞냐?"

보라의 시신에 네가 사랑했던 여자의 흔적은 남아 있지 않다. 웃음기 많던 얼굴은 썩어 문드러졌고, 매일매일 매니큐어를 바꿔 바르던 손톱은 뿌리부터 부러져 살점 위에서 덜렁거린다. 그녀는 더 이상 손톱을 다듬지 못한다. 도망치지도 못한다. 너는 바짝 마른 입술을 달싹거리다 고개를 끄떡인다. 고작 네, 라는 한 마디만 할 수 있을 뿐이다.

김 형사는 반색한다.

"맞지? 어쩐지 느낌이 비슷하다 싶더라. 애가 참 고왔는데. 이놈의 똥주머니. 죽으면 다 끝나는 거야. 참, 너 보라가 얼마나 챙겼는지 들었냐?"

너는 고개를 흔든다. 김 형사가 히쭉 웃는다.

"다방 돈만 가지고 튄 줄 알지? 아냐. 챙길 수 있는 건 다 챙겼어."

무슨 돈? 너는 멍한 눈으로 김 형사를 쳐다본다.

"신흥각 김 사장, 공판장 최 씨, 읍사무소 재민이. 당한 사람이 한둘이 아니야. 돈 찾아달라고 몰래 찾아오는데, 촌놈들 등치고 다니는 뜨내기 꽃뱀을 무슨 수로 잡겠어? 수사 들어가면 니들 헛좆질한 거 다 알게 될 텐데 괜찮겠냐고 했더니 그냥 가더라. 근데 이제 골치 아파진 거지. 진작 수사 들어갔으면 뭐라도 건졌을 텐데, 한 달이나 지났으니 남은 게 있겠어? 분명히 그년한테 당한 놈 중 한 놈 짓인데."

김 형사는 담배를 입에 물며 지나가는 말처럼 묻는다.

"용식이는 안 털렸냐? 너희 사무실에 돈 좀 있잖아. 거, 온천인지 뭔지 개발한다고 끌어모은 거. 그 계집애가 그런 걸 놓쳤을 것 같지 않은데."

"설마요."

너는 간신히 대답한다. 금고에는 온천에 투자한 외지인들의 돈이 들어 있었다. 정확히 얼마인지는 너도 알지 못한다. 큰형님이 털린 돈을 메우기 위해 아직까지 똥줄이 타도록 뛰는 걸 보면 적은 금액이 아닐 거라 짐작할 뿐이다.

"이제 볼일 다 봤지? 나 먼저 간다."

검시관이 시체를 냉동고에 넣고 영안실을 나선다.

너는 그를 쫓아 나가 팔을 잡고 묻는다.

"보라 말이에요. 왜 죽은 거죠?"

다짜고짜 묻는 질문임에도 검시관은 놀라지 않는다. 그는 주머니에서 수봉을 꺼내 목을 축인다. 병 안에 위스키가 들었음을 너는 안다. 그는 구제불능의 술꾼으로 하루의 대부분을 취한 채 보낸다. 겉보기에 멀쩡한 인간이 망해가는 병원을 떠나지 못할 때는 그럴 만한 이유가 있는 법이다.

"둔기로 머리를 맞았어. 뒤통수가 완전히 깨졌다."

"많이 아팠을까요?"

"오래 고통 받았느냐고 묻는 거라면 아니야. 일격에 숨이 끊어졌을 테니까. 살인자가 한 대로 끝내지 않고 계속 때렸을 뿐이지."

                                    *

너는 병원 벤치에 앉아 있다. 따가운 햇볕이 머리 위로 쏟아진다. 중년의 간병인이 치매에 걸린 할머니를 달래며 옆을 지나가고 주차장의 늙은 경비가 호스를 끌고 다니며 아스팔트에 물을 뿌린다.

여느 때와 다를 바 없는 병원의 오후. 보라가 죽었음에도 슬퍼하는 사람은 없다. 그녀가 죽지 않은 것처럼. 죽어도 상관없는 것처럼. 오직 너만이 절망하고 너만이 눈물 흘린다. 네가 느끼는 절망 역시 진짜가 아니다. 보라는 한 달 전에 죽었으니까. 네가 배신자라고 그녀를 원망할 때의 일이다.

너는 그녀와 함께 서울로 떠날 계획이었다. 보라가 가족이 없는 셈 치고 살았다면 너에게는 진짜로 가족이 없다. 아버지는 한 번도 본 일이 없고, 어머니는 네가 고등학교 때 죽어 바로 이곳에서 장례를 치렀다. 혼수상태에 빠지기 전, 어머니는 전부 네 탓이라고, 너만 없었으면 다 잘되었을 거라고 말했다.

보라는 달랐다. 그녀는 네게 싸구려 다방의 브랜드 커피가 아니라 원두를 갈아 만든 진짜 커피를 만들어주겠다고 말했다. 진짜 커피. 진짜 인생. 진짜 미래. 그녀는 그 모든 걸 네게 알려주겠다고 약속했다.

돈 몇백이 든 저금통장과 서울까지 몰고 갈 낡은 소나타 한 대. 버려도 상관없는 옷과 사진 몇 장. 네가 스물다섯 해 동안 살면서

쌓아온 전부다. 너는 이곳에서의 삶에 지쳤다. 똑같은 하루하루. 의미 없는 일상. 누군가를 겁주고 때리고 빈둥대다 밤이 되면 술을 마시고 여자를 안는다. 가치 없는 인생. 쓸모없는 인간. 누구도 돌아보지 않는 한심한 삶. 새로운 곳에서 사랑하는 여자와 다시 시작하면 달라질 수 있을 것이라고 너는 믿었다.

그날, 너는 빗돌이 세워진 읍내 초입에서 보라를 기다렸다. 빗돌에는 마을의 자랑이 적혀 있다. 조선조부터 위대한 인물이 많이 태어난 땅 좋고 물 좋은 고장. 너는 이 지긋지긋한 곳을 떠난다는 사실이 좋기만 했다. 하지만 그녀는 오지 않았다. 너는 그녀에게 전화하고, 다방에 전화했다. 아무도 전화를 받지 않았다. 너는 차에서 내려 그녀를 기다렸다. 비를 맞고 있으면 그녀가 빨리 나타날지도 모른다는 생각 때문이었다. 엄마가 암에 걸렸을 때도 너는 밥을 굶고 잠을 자지 않았다. 말도 안 되는 기대지만 네가 할 수 있는 일은 그 정도밖에 없었다. 보라로부터 전화가 왔을 때 너는 안도했다.

"나야."

그녀는 숨을 몰아쉬며 말했고 전화기 너머로 발소리가 들렸다. 그녀의 목소리를 듣자마자 너는 조금 전까지 느꼈던 절망과 분노를 잊었다. 보라는 말했다.

"금방 갈게. 살짝 복잡한 일이 있긴 했는데 다 잘됐어."

"무슨 일? 지금 어딘데?"

"너한테 아주 소중한 장소. 자세한 건 이따 이야기해줄게. 나 욕하면 안 돼. 다 우릴 위해서 그런 거니까……. 끊을게."

너는 차로 돌아가 그녀가 오기를 기다렸다. 하지만 그녀는 오지 않았고 너는 온천 개발 사무실의 금고가 털렸다는 두꺼비의 전화를 받은 뒤에야 무슨 일이 있었는지 깨달았다. 사무실에 돌아왔을 때 형님은 반쯤 돌아 집기를 부수고 있었다. 보라가 커피 배달을 핑계로 사무실에 들러 돈을 훔쳐 달아났다고 했다. 너는 차가 퍼져서 정비소에 들르느라 늦었다고 변명했다. 온몸이 흠뻑 젖은 너를 아무도 의심하지 않았다. 보라와 한패라면 도망쳤을 테니까. 다시 돌아올 이유가 없으니까.

그 뒤로 아무것도 변하지 않았다. 너는 업소를 돌며 수금을 하고, 협박과 회유를 통해 온천 개발에 필요한 땅을 샀다. 달리 할 일이 없다는 체념 때문에. 그녀가 언젠가 연락할지 모른다는 희망 때문에. 하지만 이제는 아무것도 기다릴 필요가 없다.

*

형님은 지저분한 수건으로 골프채를 닦다가 까마귀처럼 웃는다.

"남의 눈에 눈물 나게 하면 자기 눈에선 피눈물 나는 법이지. 근데 그년 뒈져도 하필 온천 지을 산에 가서 죽고 지랄이야. 김 형사가 돈 이야기 안 하디?"

"우린 돈 뜯긴 거 없냐고 물어보던데요."

"약삭빠른 새끼. 돈 냄새 하나는 기가 막히게 맡는다니까."

형님은 코웃음을 치며 골프채를 꺼내 든다. 형님은 오후에 리조트의 대표이사이자 이번 개발을 기획한 메인 투자자와 골프 약속이 있다. 개발사와 건설사, 엔터테인먼트 회사까지 가지고 있는 건달이자 사업가다. 형님은 그를 발판 삼아 더 큰 바닥으로 진출하고 싶어 한다.

"분명히 뒤를 봐준 새끼가 있어. 그렇지 않고서야 그날 일을 벌였을 리 없거든. 딱 하루, 딱 하루였는데. 아침에 바로 은행에 넣을 거였는데."

금고에 정확히 얼마가 있었는지 너는 알지 못한다. 형님의 태도로 보아 평소보다 많았음을 짐작할 뿐이다. 형님은 널 빤히 쳐다보며 말한다.

"혼자 가지고 도망치기에는 금액이 너무 커. 수표에 채권에 잡다한 게 많아서 그년 혼자 처리하기도 힘들고, 분명히 도운 새끼가 있어. 그 돈 혼자 처먹으려고 그런 모양인데, 그렇게 간단하게는 안 끝나지. 아무래도 네가 나 단단히 도와줘야겠다."

"말씀만 하십쇼."

"다방 김 마담이랑 창선이가 의심스럽다."

너는 놀라지만 내색하지 않는다. 창선은 네가 가는 극장 주인으로 이번 온천 개발의 최대 수혜자다. 붕괴 직전의 낡은 건물을 이십억에 팔았으니까. 그리고 그렇게 번 돈의 대부분을 온천 개발에 투자했다.

"그날 골프 치러 가자고 한 게 창선이야. 처음에는 보라도 같이 가기로 했는데 갑자기 아프다고 김 마담을 보냈고. 김 마담 낌새가 영 이상했지. 자꾸 시간 끌고, 눈치 보고. 정말 못 치더라. 일단 마담부터 만나봐라. 보라 죽은 얘기 하면서 살살 겁주고 반응 좀 봐. 뭔가 이상하다 싶으면 그냥 잡아 오고. 그다음에 창선이 만나라."

"예."

형님은 골프채 끝으로 네 발목을 툭툭 친다.

"넌 아니지? 내가 그렇게 열심히 키워줬는데 내 뒤통수 친 거 아니지?"

"아닙니다."

형님은 부드럽게 웃지만 저러다 골프채로 네 머리를 날려버릴 수 있다는 걸 넌 알고 있다. 하지만 넌 금고를 털지도, 보라를 죽이지도 않았다. 형님은 너털웃음을 지으며 골프채를 내려놓는다.

"하긴 내가 널 안 믿으면 누굴 믿겠냐. 너 인마, 보라 좋아했지? 새끼, 좋아하면 그냥 말을 하지."

네가 말을 못한 건 형님이 보라에게 완전히 빠져 있었기 때문이다. 틈만 나면 다방으로 전화해 커피를 주문하고 보라를 불러내서 노닥거렸다. 보라가 아무에게도 의심을 사지 않고 형님 사무실에 들어갈 수 있었던 것도 그 때문이다. 보라에게 금고에 대해 알려준 건, 어쩌면 형님 본인일지도 모른다. 자, 여기 돈 든 거 보이지? 네가 잘만 하면 다 네 거야.

네가 아는 보라라면 형님이 금고 문을 딸 때, 비밀번호를 봐두는 건 어렵지 않은 일이었을 것이다.

*

다방은 커피 한 잔 시켜놓고 온종일 노닥거리는 놈팡이들로 득시글거린다. 지팡이 짚지 않으면 걷지 못하는 늙은이부터 고등학교 졸업 후 아무 일도 하지 않고 빈둥대는 양아치까지. 그들은 종업원들에게 6·25부터 월남전, 북파 간첩까지 들먹이며 자랑을 늘어놓다가 네가 들어서자 시선을 피하며 목소리를 낮춘다.

다방에 마담은 없고 종업원만 둘 있다. 파마머리에 당나귀를 닮은 여자와 단발머리에 광대뼈가 튀어나와 억세 보이는 여자. 나이를 짐작할 수 없는 여자들. 서른이라고 해도 믿겠고, 마흔이라고 해도 믿겠다. 둘 중 당나귀를 닮은 여자가 마담 언니는 머리가 아파 집에서 쉬고 있다고 설명한다. 그녀의 목소리에는 희미하게 비난이 섞여 있다. 보라가 사라진 후, 형님은 술에 취할 때마다 다방에 찾아와 마담을 때렸다.

네가 가게를 나설 때, 당나귀가 묻는다.

"오늘 찾은 시체요, 보라 맞아요?"

이런 작은 동네에서는 어떤 일도 감출 수 없다. 산에서 시체가 떠내려왔다는 선정적인 이야기라면 더욱더. 당나귀는 놈팡이들과 조금 전까지 그 이야기를 하고 있었을 것이다. 너는 이들에게 보라의 죽음을 알려줄 생각이 없다. 기껏해야 상어 떼에게 먹이를 던져주는 일밖에 되지 않을 테니까. 너는 마담의 집에 가려다 혹시나 하는 마음에 묻는다.

"보라 짐 어디 있냐? 버렸냐?"

"아뇨. 방에 있어요."

여자들은 다방 안쪽의 쪽방에 산다. 작고 답답한 세 평 남짓한 공간. 잠을 자는 일 외에는 할 수 있는 일이 없는 곳이다. 주방에 면한 보라의 방은 엉망진창이다. 작은 텔레비전은 뒤집힌 채 바닥에 처박혀 있고, 부서진 옷장 밖으로 속옷이 널브러져 있다. 그녀가 돈을 들고 튄 다음, 형님이 동생들을 데려와 방을 때려 부쉈다. 네가 침묵을 지키고 있자, 당나귀가 조바심 난 표정으로 묻는다.

"보라 죽은 거 맞죠? 그렇죠?"

너는 짧게 말한다.

"나가라."

이럴 때는 깡패라는 직함이 도움이 된다. 당나귀는 군말 없이 방을 나선다. 너는 신발을 벗고 올라가 방바닥 위에 쪼그려 앉는다. 한 달이 지났음에도 보라의 체취가 남아 있다. 풀 냄새 같기도 하고, 살 비린내 같기도 한 냄새. 익숙하면서도 그리운 냄새.

너는 흐트러진 이불 위에 눕는다. 그녀가 네 가슴에 머리를 댄 채 속삭였던 말을 기억한다. 자기랑 늘 함께 있고 싶어. 하지만 그녀는 죽었고, 너는 혼자다.

*

김 마담은 터미널 앞에 신축한 아파트에 산다. 부동산 붐이 불었을 때, 지역 공무원과 건설사, 저축은행의 대출 담당자가 짝짜꿍이 맞아 만든 아파트다. 아파트를 다 짓기도 전에 관련 공무원은 구속되었고 저축은행의 담당자는 잠적해버렸다. 부실 공사로 지어진 아파트답게 벌써부터 외벽에 금이 가고 복도에 물이 샌다.

너는 2층으로 올라가 벨을 누르지만 대답이 없다. 핸드폰을 꺼내 김 마담의 전화번호를 찾다가 안에서 둔탁하게 부딪히는 것 같은 소리를 듣는다. 너는 손바닥으로 현관문을 두들긴다.

"누나! 뭐 해! 문 열어! 나야!"

아파트 안이 조용해진다. 너는 마담이 어쩔 생각인지 궁금해진다. 언제까지나 집 안에 숨어 있지 못할 텐데. 너는 문에 귀를 대고, 베란다 유리문이 열리는 소리를 듣는다. 너는 그대로 아파트를 빠져나가 단지 외곽으로 달려간다.

네 예상대로 김 마담은 베란다 창문으로 탈출을 시도하고 있다. 난간에 매달려 1층에 세워둔 자신의 봉고에 발을 대려고 버둥대는 마담의 모습은 불쌍하면서도 한심해 보인다. 너는 화단에 빨간색 트렁크가 처박혀 있음을 눈여겨보며 그녀에게 다가간다.

"이게 뭔 지랄인데?"

김 마담은 널 쳐다보자마자 비명을 지른다. 순간적으로 손가락에 힘이 풀렸는지 봉고 천장에 엉덩방아를 찧고 바닥으로 굴러떨어진다. 하이힐이 하늘 높이 날아올랐다가 바닥을 구른다. 너는 그녀의 서커스를 지켜보며 혀를 찬다. 마담은 바닥을 짚으며 몸을 일으킨다. 아스팔트에 쓸린 얼굴에서 피가 흘러내린다.

너는 그녀 앞에 쪼그려 앉으며 묻는다.

"왜 문 두고 위험하게 다녀?"

"내가 어딜 가든 니가 무슨 상관이냐? 보라 죽었다고 또 나 괴롭히러 온 거 아냐! 이 미친 새끼들아! 나 좀 그냥 내버려둬! 니들 아니어도 나 충분히 힘들어!"

마담은 고개를 쳐들고 네게 버럭버럭 악을 쓴다. 두꺼운 화장으로도 눈가의 주름을 감출 수 없다. 윤곽을 잃고 뒤룩뒤룩 살이 오른 턱을 타고 눈물 섞인 핏방울이 떨어진다. 가면처럼 짙은 화장에 심술궂은 목소리. 그녀를 찾는 건 저승길을 앞둔 노인들뿐이다. 전립선에 문제가 있어 삼십 분에 한 번씩 화장실을 들락거리고 지팡이 없이는 제대로 걷지도 못하는 늙은 호색한들. 그들은 삼천 원짜리 커피를 시키고 마담의 엉덩이를 주무르다 집에 간다. 김 마담은 그들을 증오하고, 매달 가게에 찾아와 보호세를 뜯는 너도 증오한다.

"시끄럽게 굴지 말고 일어나."

너는 마담의 다리를 걷어찬다. 세게 차지도 않았는데 그녀는 비명을 지른다. 너는 마담과 더 말하길 포기하고 화단으로 걸어가 바닥에 처박힌 가방을 집어 든다. 보라에게도 비슷한 가방이 있었다. 처음 이곳에 왔을 때 가져온 트렁크. 너는 그 가방이 어떻게 되었을지 궁금해진다. 보라를 죽인 자가 챙겼을까. 아니면 산속 어딘가에 묻혀 있을까.

너는 가방을 번쩍 들어 바닥에 대고 흔든다. 너저분한 옷가지와 여행용 화장품 세트 따위가 쏟아진다. 발끝으로 흩어진 짐을 헤집어보고 가방을 샅샅이 뒤져보지만 특별히 수상한 물건은 보이지 않는다. 너는 의아한 마음에 김 마담을 곁눈질한다. 이딴 걸 가지고 어딜 가려고 한 거지? 그녀는 울음을 멈추고 널 유심히 쳐다보고 있다. 너는 그녀의 눈동자 끝이 흔들리는 걸 놓치지 않고 칼을 꺼내 가방을 찢는다. 김 마담은 자기 몸이 찢기는 것처럼 애통한 비명을 지른다. 가방 안감 속에 예금통장이 감춰져 있다. 너는 달려드는 마담을 밀치고 통장 내역을 확인한다. 예금액은 삼천. 보라가 도망간 다음 날에 만든 통장이다.

"이게 무슨 돈이야? 어디서 났어?"

너는 김 마담이 파산 직전이라는 사실을 안다. 너뿐 아니라 읍내의 모든 사람이 안다. 얼마 안 되는 재산마저 아파트 대출로 날려 이자 갚기도 빠듯하다. 툭하면 은행에 찾아가 싸움질을 벌이고 지점장에게 추파를 던지니 모를 리가 없다.

시끄러운 소리에 사람들이 왔다가 널 보고 멀어진다. 건물 뒤에서, 혹은 창문 틈으로 널 훔쳐보는 사람들의 수는 늘어간다. 너는 마담에게서 차 키를 빼앗아 봉고에 태운다. 마담은 손수건으로 피가 흐르는 이마를 누른다.

"내가 온다고 누가 알려줬어?"

"다방에서 전화 왔었어. 자기가 화가 잔뜩 나서 다녀갔다고……"

너는 마담의 얼굴을 바라보며 담배를 피운다. 보라에 대해서도, 통장에 관해서도 묻지 않는다. 얼마간의 시간이 흐른 후, 침묵의 무게를 이기지 못한 김 마담이 먼저 입을 연다.

"전부 보라가 시킨 거야. 보라가 그냥 잠깐 골프장에 갔다 오라 그래서…… 용식이 오빠 금고 털려고 하는 건 전혀 몰랐어. 그런 건 줄 알았으면 절대 안 도와줬을 거야."

"그럼 무슨 일로 알았는데?"

"창선이 돈 뜯으려는 줄 알았어. 걔, 건물 팔고 돈 많이 벌었으니까."

너는 놀라 묻는다.

"어떻게? 둘이 잘 아는 사이도 아니었잖아."

"남녀 가까워지는 데 무슨 시간이 필요해. 보라 걔가 남자 홀리는 재주가 있었잖아. 창선이가 두어 번 따로 불러냈었어. 그때 뭔가 있었겠지."

또 다른 배신의 흔적. 너는 정신을 집중하려 애쓰며 간신히 묻는다.

"그럼 보라가 창선이 돈도 훔친 거야?"

"모르겠어."

"보라랑 돈 나눌 때 이야기를 했을 거 아냐!"

너는 통장을 흔들며 쉿소리를 낸다. 사람을 겁주는 건 네가 잘하는 몇 안 되는 일이다. 마담이 겁을 먹고 말을 쏟아낸다.

"아냐. 나 보라 못 봤어. 정말이야! 우편함에 통장이랑 도장이 들어 있었어."

"보라가 준 게 확실해? 메모 같은 게 있었어?"

"걔가 아니면 누가 나한테 돈을 주겠어? 또 다른 보라가 있어?"

너는 마담이 한 말을 곱씹어본다. 마담은 겁에 질린 얼굴로 너를, 네가 든 통장을 힐끔힐끔 쳐다본다. 그녀의 얼굴은 땀과 피 때문에 온통 번들거리고, 화장이 흘러내린 자리마다 파란 얼룩이 져 있다. 너는 억겨움을 느끼며 그녀에게 통장을 던진다.

"당분간 집에 처박혀 있어. 도망갈 생각 말고. 이 차는 당분간 내가 가지고 있을 테니까."

마담은 통장을 쥔 채 널 노려보다가 차에서 내린다. 너는 그녀가 쾅, 소리 나게 문을 닫을 거라 예상한다. 하지만 그녀는 살며시 문을 닫고 아파트로 도로 들어간다. 너는 마담의 봉고를 몰고 극장으로 출발한다.

*

극장 로비에서는 어두침침하고 퀴퀴한 냄새가 난다. 로비의 나무 의자에는 할아버지 둘이 앉아 소주를 마시며 텔레비전을 보고 있다. 한쪽 벽에 고장 난 자판기와 몇 년 전 대박 난 깡패 영화의 포스터가 붙어 있다. 그 영화는 80년대 분위기를 내기 위해 이곳에서 찍었고, 너는 '양아치 1'로 출연했다.

너는 보라와 극장에 올 때마다 포스터 앞에 서서 그날의 일을 자랑했다. 꽃미남으로 유명한 주연배우와 인사를 나누고, 혼신의 힘을 다해 쓰러지는 연기를 하다 발목을 접질린 일까지. 네 이야기는 언제나 같은 말로 끝났다.

"내가 서울에서 태어났으면 벌써 영화 스타가 됐을 텐데."

그렇지 않았을 거란 사실을 너도 안다. 어디 있든 너는 너다. 촌동네에서도 건달밖에 못하는 네가 서울에 간다고 스타가 될 리는 없다. 극장이 사라지면 네 유일한 자랑거리도 사라지게 될 것이다. 발권소를 겸하는 매점에는 노랗게 머리를 탈색한 젊은 아가씨가 소설책을 보고 있다. 그녀는 널 힐끔 보곤 다시 책으로 시선을 돌린다. 이곳에서 일한 지 삼 년이 넘었지만 그녀가 먼저 말을 건넨 적은 없다. 다방 마담의 먼 친척이라는데, 매점 안쪽의 빈방에서 혼자 산다고 들었다. 너는 여자에게 묻는다.

"창선이 사무실에 있어?"

"사장님 조금 전에 나가셨어요."

너는 1층으로 내려간다. 창선의 벤츠가 막 건물 앞을 지나고 있다. 너는 차 앞을 가로막고 보닛을 두들긴다. 힘깨나 쓰게 생긴 운전사가 창문을 내리고 사납게 외친다.

"뭐야, 죽고 싶어?"

너는 조무래기는 빠지라고 손을 내젓는다. 뒷좌석 문이 열리고 창선이 얼굴을 내민다.

"무슨 일인데 그래? 타라."

차 안은 넓고 아늑하다. 창선은 단정한 골프웨어 차림으로 컨트롤 박스의 모니터를 통해 주식 방송을 보고 있다. 창선은 너와 초등학교 동창이지만 너보다 훨씬 늙어 보인다. 너는 그 이유가 옷차림 때문인지, 주머니에 든 돈 때문인지 궁금해진다. 창선이 화면에서 시선을 떼지 않은 채 말한다.

"그러다 치어 죽으면 개값도 안 나오는 거 모르냐? 무슨 일인데 그래?"

"어디 가냐?"

"투자자들이랑 한 바퀴 돌기로 해서. 너도 골프 배워봐. 이것보다 좋은 운동이 없다. 재미있지, 운동 되지, 비즈니스에 좋지. 스크린 골프장에라도 가서 스윙 좀 해봐. 실력 되면 내가 필드에 데리고 가줄 테니까."

창선은 대단한 사업가라도 된 것처럼 거들먹거린다. 너는 묻는다.

"너한테 좀 물어볼 게 있는데."

"말해. 뭔데?"

너는 운전사의 뒤통수를 쳐다보며 말한다.

"딴 사람은 없었으면 좋겠는데."

"그냥 말해. 내 동생 같은 놈이야."

그렇다면. 너는 단도직입적으로 묻는다.

"보라 알지?"

"보라? 그게 누군데?"

창선은 처음 듣는 이름인 것처럼 반문하지만 한눈에 거짓말임을 알 수 있다. 어려서부터 창선은 배짱 있는 녀석이 아니었다. 단지 그렇게 보이고 싶어 했을 뿐이다. 창선은 누군지 생각났다는 듯 말을 잇는다.

"아, 다방 털어 먹고 튄 계집애? 걔가 왜?"

"김 형사가 그러는데 다방만 턴 게 아니래. 돈 뜯긴 사람이 꽤 많나 봐."

"뭐, 그럼 그런가 보지. 근데 왜?"

너는 창선을 유심히 보며 천천히 입을 연다.

"누가 그러더라고. 보라가 도망칠 때 네 돈도 훔쳤다고."

창선은 코웃음을 흘린다.

"어떤 새끼가 그래? 넌 내가 다방 레지한테 침 흘릴 놈으로 보이냐? 청담동에 내 단골 룸살롱도 있어. 그년 소문 들으니까 아무한테나 주고 다닌 모양인데, 나 그런 년한테 관심 없다.”

다른 때라면 창선의 멱살을 잡고 주먹을 날렸을 것이다. 너는 건달이니까. 속마음을 감추지 못하니까. 하지만 오늘의 너는 차분하고 냉정하다. 늘 네가 바랐던 대로.

“그럼 다행이고. 오늘 보라 시체 발견된 거 알지?”

“뭐?”

창선이 놀란 목소리로 반문한다. 이번에는 거짓말처럼 보이지 않는다.

“보라랑 자주 통화한 사람들 위주로 소환할 거래. 그중에 살인범이 있을 가능성이 높으니까.”

너는 살인범이라는 단어에 힘주어 말한다. 창선의 얼굴이 한결 불편해진다.

“아니, 뭐 전혀 모르는 사이라는 건 아니고. 남들 따라갔다 두어 번 본 일이 있긴 한데. 담당이 김 형사라고?”

“응.”

창선은 생각에 잠긴다. 너는 창선이 김 형사에게 뒷돈을 주고 명단에서 빠질 궁리를 할 것이라 추측한다. 네 추측은 옳다. 그리고 김 형사라면 제안을 받아들일 것이다. 창선이 갑자기 주식 방송을 끄고 널 쳐다본다.

“근데 왜 네가 나서냐? 넌 경찰도 아니잖아?”

“우리 큰형님도 당했거든.”

"용식이 형이? 얼마나 털렸는데?"

"삼억."

너는 아무 금액이나 말한다. 창선이 고개를 설레설레 흔든다.

"오지게 당했네. 용식이 형 똥줄 타겠어. 그렇잖아도 돈 들어갈 데가 많을 텐데."

"그래서 계속 비상이야. 형님은 돈 구하느라 혈안이 됐고. 보라가 그렇게 간이 클 줄 누가 알았겠냐."

"그럼 온천에도 문제 생기는 거 아냐?"

창선이 찜찜한 듯 얼굴을 찌푸린다. 그는 정상적으로 개발이 된다 해도 본전 이상 건지기 어렵다는 걸 알지 못한다. 형님은 자신보다 약한 자와 이익을 나눈 적이 없다. 너는 적당히 대답한다.

"용식이 형 실력 알잖아."

창선이 안심한 듯 고개를 끄떡이다 갑자기 히쭉 웃는다.

"그렇게 많이 뜯겼으면 용의자 1번은 용식이 형이겠네."

"그러니까 솔직히 말해. 너도 털렸냐?"

창선은 의자에 등을 대며 느긋하게 입을 연다.

"고년 얌전한 줄 알았더니 아주 여우더라. 어쩌다 한 번 마주쳤는데 갑자기 주식에 대해 알고 싶다는 거야. 왠지 대견해서 이것저것 알려줬지. 겸사겸사 몇 번 더 만났는데, 고년이 떡을 참 맛깔나게 치더라고. 그래서 잠깐 데리고 놀아볼까 했는데, 그랬더니 사람 뒤통수를 치고 튄 거지. 그래서 머리 검은 짐승 거두지 말라는 말이 있는 거야.”

“얼마나 뜯겼는데?”

“대단한 돈은 아니고. 대충 삼천 되나.”

창선은 끝까지 허세를 부린다. 이번 온천 개발이 실패하면 녀석은 파산이다. 운전사에게 줄 월급조차 남지 않을 것이다. 그때는 동생 같은 놈이란 말은 꺼내지도 못하겠지.

“돈이 어디 있었는데?”

“우리 집. 딱 한 번 데려갔는데 돈이 어딨는지 귀신처럼 알아냈더라.”

“너는?”

“난 필드에 있었지. 내 인생에서 제일 끝내주는 스윙을 했던 날인데 돌아오니까 난리가 났지 뭐냐. 딱 그날 노린 거지.”

“네가 골프 약속 잡았다고 들었는데?”

“아냐. 보라가 물어온 거였어. 서울에 아는 오빠가 부킹 캐슬했는데 대신 라운딩 할 수 있느냐고 하잖아. 용식이 형이랑 해서 지역 유지들 모임이면 좋겠다고 그래서…….”

너는 창선이 하는 말을 더 듣지 않고 보라를 생각한다. 그녀가 널 유혹한 건 네가 형님의 사냥개이기 때문이다. 돈을 훔칠 때 방해가 될 수 있으니까. 네가 빗돌 앞에서 그녀를 기다릴 때, 보라는 김 마담의 집 앞에 약속한 돈을 놓고 달아났다. 그렇게 생각하면 간단한 일이다. 그녀는 처음부터 네게 마음이 없었다. 하지만 너는 인정하고 싶지 않다. 그녀의 달콤한 속삭임, 부드러운 손길, 너와 함께 보낸 그 모든 순간들. 그것이 전부 거짓이었다는 사실을 믿을 수 없다. 창밖을 보니 비가 내리고 있다. 어느새 차는 시내를 벗어나는 중이다. 너는 간신히 입을 연다.

"차 세워라. 나 내려야겠다."

차 문을 여는데, 창선이 네 뒤통수에 대고 말한다.

"혹시 돈 찾으면 나한테 먼저 얘기해라. 내가 섭섭하지 않게 해줄 테니까."

너는 창선을 돌아본다. 기름기 낀 통통한 얼굴, 역겨운 미소. 불쑥 분노가 치민다. 너는 주먹을 날린다. 창선이 코를 움켜잡으며 비명을 지른다. 너는 창선의 얼굴과 가슴을 때리고 걷어찬다. 네가 화난 게 창선 때문인지, 보라 때문인지 너도 알지 못한다. 당장 앞에 있는 건 창선이고, 놈이 맞아 싼 놈이란 걸 알 뿐이다.

네가 창선을 때리는 데 열중하고 있는 순간, 누군가 목덜미를 잡아챈다. 너는 그대로 차 밖으로 끌려 나가 바닥을 뒹군다. 구둣발이 머리와 등을 짓이긴다. 너는 바닥에 납작하게 엎드리며 두 팔로 머리를 보호한다. 코와 입술을 타고 흘러내린 핏물이 바닥에 고인 물과 섞인다. 웅덩이에 비친 얼굴을 보며 너는 정신을 차린다. 억센 발길질이 옆구리에 박힌다. 너는 통증을 참으며 운전사의 다리에 태클을 건다. 운전사가 너와 함께 고꾸라진다.

너는 운전사의 머리카락을 잡아 누르며 몸을 일으킨다. 운전사는 네 손목을 뜯어내려고 하지만 너는 무릎을 차올려 녀석의 얼굴을 뭉갠다. 너는 싸움에 일가견이 있고 동네 사람들 모두가 그 사실을 안다. 외지인인 운전사만 모르고 있었을 뿐이다. 녀석은 몇 대를 더 맞고 바닥에 축 늘어진다.

너는 운전사를 지나쳐 차로 간다. 창선은 그새 앞좌석으로 와 시동을 걸려 하고 있다. 너는 쾅, 소리가 나게 문을 닫고 조수석에 앉아 차의 잠금 버튼을 누른다. 창선이 동작을 멈추고 겁에 질린 표정으로 널 쳐다본다. 너는 글러브 박스를 연다. 작은 수건 몇 장이 곱게 접혀 있다. 너는 수건으로 피를 닦는다. 타닥, 타닥. 자동차 지붕 위로 끊임없이 빗방울이 떨어진다. 창선은 네가 또 주먹질을 할까 겁이 나는지 문에 바짝 붙는다.

"대체 왜 이래. 너 미쳤어?"

"아니."

"근데 왜 이래? 용식이 형이 시기디? 내가 보라랑 한패라고 그래?"

네가 대답하지 않자 창선의 목소리가 높아진다.

"너희 둘 다 경찰에 신고할 거야! 개새끼들, 콩밥 단단히 먹을 줄 알아."

너는 창밖을 쳐다본다. 빗줄기가 거세지고 있다. 희뿌연 창문 너머로 보라가 보인다. 그녀가 널 보며 웃는다. 그녀가 네게 속삭인다. 자기랑 늘 함께 있고 싶어. 비열한 년. 한심한 년. 도망이라도 제대로 가든가. 너는 창선을 돌아보며 말한다.

“비가 많이 오네.”

“그래서?”

“어차피 골프는 못 칠 거라는 거지.”

부러진 이에 손이 찢어지는 것만큼 기분 나쁜 일도 없다. 너는 손에 수건을 두르고 주먹을 꽉 쥔다. 창선의 얼굴이 창백하게 질린다. 너는 주먹을 쳐들며 말한다.

“그러니까 좀 맞자.”

“전부 보라 짓이야! 난 아무것도 몰랐어.”

너는 창선의 멱살을 잡는다.

“뭐라고? 너 지금 뭐라고 했어?”

“보라가 용식이 형 사무실에 돈이 엄청 많다고 했어. 내가 용식이 형이랑 골프 치러 가면, 자기가 돈을 꺼내겠다고……. 자기가 들고 도망간 걸로 할 테니 반반씩 나누자고…….”

“너 돈 많다며? 근데 왜 돈이 필요해?”

“내가 일시적으로 유동성이 막혀서 말이야. 대단한 건 아닌데.”

너는 창선의 목을 잡은 손에 힘을 준다.

“어려운 말은 하지 말고.”

네가 손에서 힘을 빼자 놈은 콜록대다 소리친다.

“망했다! 망했다고! 새끼야! 이제 됐냐? 여기저기 돈을 넣었는데, 도무지 수익이 안 나. 다들 조금만 기다려달라지, 돈 달라고 손 내미는 데는 많고. 그럴 때 어떤 년이 돈 나눠 먹자고 하는데 너라면 어떻게 하겠냐.”

창선은 주절주절 헛소리를 늘어놓다가 갑자기 울먹거리기 시작한다.

“용식이 형 돈 많잖아. 금고에 얼마 있는 거 꺼내 쓴다고 무슨 일 생긴 것도 아니고……. 내가 그렇게 잘못한 거냐? 사실 나도 피해자야. 나 돈 한 푼 못 벌었다. 아니, 오히려 당했지. 그 돈도 아는 사람한테 빌린 돈이야. 나 완전 망했어.”

너는 조용히 창선의 말을 듣는다. 창선은 갑자기 말을 바꾼다.

“아냐. 아직은 괜찮아. 너 줄 돈 있어. 조금만 기다려줘. 내가 이번에 빌라 사업에 투자를 했거든? 그거만 잘되면 예전으로 돌아갈 수 있어. 그러니까 용식이 형한테는 비밀로 해줘라. 제발. 용식이 형은 얼마만큼 아는데? 네가 말 안 하면 모르는 거지?”

창선은 겁먹은 눈으로 널 쳐다본다. 너는 가장 중요한 걸 묻는다.

“보라 누가 죽였냐?”

“뭐? 보라? 내가 그걸 어떻게 아냐. 암튼 난 아니야.”

“그건 알지. 넌 그럴 배짱도 없는 놈이니까.”

네가 차에서 내리려고 할 때, 창선이 외친다.

“깡패 새끼가 어디서. 야! 너 내가 얼마나 힘든지 알아? 너 같은 놈은 나처럼 살면 일주일 안에 자살해, 새끼야!”

너는 문을 쾅, 닫는다.

*

빗발이 가늘어졌다가 굵어지기를 반복한다. 너는 길을 따라 터덜터덜 걷는다. 흠뻑 젖은 바지가 다리를 휘감고 신발에 물이 차서 질척질척하다. 너는 다른 사람의 몸을 빌린 듯 들뜬 감각을 느끼며 걸음을 옮긴다. 완만한 커브의 언덕길에서 헤드라이트 불빛이 쏟아진다. 서울로 가는 택배 트럭이 맹렬한 속도로 네 옆을 스쳐 지나간다. 담배 생각이 간절하지만 한 모금 빨기도 전에 꺼질 게 분명하다. 너는 바닥을 보고 걸으며 보라를 떠올린다. 그녀의 미소. 그녀의 목소리. 그녀의 거짓말. 하지만 모든 것이 지금 네 시야처럼 흐릿하다. 보라는 너를 사랑한 적이 없고 돈을 가지고 달아나다 죽었다. 그렇다면 잊는 편이 낫다. 하지만 너는 그럴 수 없다.

핸드폰이 부르르 떨린다. 전화를 받자 김 형사의 목소리가 들린다.

"보라 통화 내역 확인했는데, 전화를 엄청 많이 했더라고. 용식이 새끼며, 창선이 새끼도 전화질 장난 아니야. 다들 흠뻑 빠져 있었나 봐. 근데 너하고도 엄청 통화했더라?"

"저도 보라 좋아했거든요."

사실이다. 너는 보라를 사랑했다. 네 문제는 전부 거기서부터 시작된 것이다. 김 형사는 한심하다는 듯 혀를 차더니 더 캐지 않고 다음 질문으로 넘어간다.

"아직 문자 내역이랑 음성 사서함은 못 열었고. 통신보호법인가

뭔가 때문에 복잡해. 그거 열면 좀 확실해지겠지. 근데 보라가 마지막으로 전화한 게 너야. 너랑 통화하고 이십 분쯤 있다가 전화기를 껐다. 무슨 얘기 했냐?"

너는 주절주절 거짓말을 늘어놓는다. 수금하고 돌아오다 문득 생각이 나서 밥이나 먹자고 전화를 걸었는데 그녀는 받지 않았고, 잠시 후에 그녀가 전화해 지금 바쁘니까 나중에 먹자고 말했고……. 너는 말을 하다 울컥한다. 다행히 김 형사가 네 말을 끊는다.

"돈 훔치느라 바빴던 모양이네."

"아마도요."

"내일쯤 서에 한번 들러라. 어쨌든 참고인 조사는 해야 되니까. 지금은 내가 바빠서 안 되고. 유력한 용의자가 생겼어. 그놈 심문해야 돼."

"그게 누군데요?"

"버스 터미널 청소분네, 금은방에 보라 시계를 팔다가 잡혔다. 화장실 청소하다가 주웠다고 우기는데 믿을 수가 있어야지. 전과가 있는 놈이라서 말이야. 특수강도만 3범이야. 이 자식 말로는 그날 저녁에 보라를 터미널에서 봤대. 뭐가 그리 급한지 화장실 들렀다가 급하게 뛰어나갔다는데. 너랑 전화 끊고 십 분 정도 지난 다음이니까 시간적으로도 대충 맞아."

너는 심장이 빠르게 뛰는 것을 느낀다. 터미널에서 언덕 하나만 넘으면 네가 기다리고 있던 마을 초입이다. 널 만나러 올 생각이었던 걸까. 아니면 버스를 타고 떠날 생각이었던 걸까. 그러다 너는 문득 이상함을 느낀다. 십 분 정도 후니까 시간이 대충 맞는다니? 온천 개발 사무실에서 터미널까지는 아무리 빨리 차를 몰아도 십오 분이 걸린다. 너는 묻는다.

"보라가 저한테 전화한 곳이 어디죠?"

"극장."

"예?"

"창선이 극장 말이야. 거기서 전화했어."

*

너는 문이 닫히기 직전 가까스로 극장에 도착한다. 마지막 상영이 끝나고 적막한 극장 안에는 매점 여자만이 조용히 물건을 정리하고 있다. 그녀는 흠뻑 젖고 멍든 널 보며 놀란 표정을 짓는다.

"괜찮으세요?"

"그래, 괜찮아. 신경 쓰지 마."

너는 쩔뚝거리며 극장 안을 살핀다. 너한테 소중한 장소. 보라는 그렇게 말했다. 당연히 온천 개발 사무실에서 돈을 들고 나오는 길일 거라 생각했다. 하지만 극장이었다니. 여기 무엇이 있을까. 너는 문득 모형 자판기에 시선을 주고, 그제야 그녀가 한 말이 무슨 의미였는지 깨닫는다. 네가 출연했던 영화. 네게 소중한 장소. 네가 변할 수 있었던 기회. 촬영이 끝나고 자판기는 쭉 저 자리에 있었다.

자판기 디스플레이에는 쌕쌕이며 봉봉, 맥콜 등의 옛날 음료가 전시되어 있다. 유리에 점점이 묻은 혈흔은 주인공이 죽을 때 흘린 것이지만 너는 보라에게 네가 액션 연기 도중 흘린 핏자국이라고 자랑했다.

너는 자판기를 잡아당긴다. 영화 촬영을 위해 컴프레서를 떼어 냈기 때문에 생각보다 수월하게 움직인다. 자판기 뒤 빈 공간에 보라의 트렁크가 놓여 있다. 가방 위에 하얗게 먼지가 쌓여 있다. 너는 가방을 꺼내 든다. 생각보다 묵직하다. 이제 어떻게 해야 할까. 가방을 열어 안을 봐야 한다는 걸 알지만, 엄두가 나지 않는다.

"저 이거……."

놀라 돌아보니 매점 여자가 수건을 내밀고 있다. 너는 수건을 받아 얼굴을 닦는다.

"이 가방 주인 본 적 있어요?"

"예. 두 분이 자주 오셨잖아요. 저희 사장님하고도 몇 번 왔었고. 언젠가 가방 들고 혼자 오신 적이 있었는데……. 두고 가셨을 줄은 몰랐네요."

너는 수건을 돌려주며 고맙다고 인사한다. 매점 여자가 묻는다.

"그분 많이 좋아하셨어요?"

너는 차마 그렇다고 대답하지 못하고 미미하게 고개를 끄떡일 뿐이다. 여자는 안됐다는 듯 널 쳐다본다. 너는 가방을 끌고 그곳을 떠난다. 마지막 순간 고개를 돌리니 여자가 수건을 꼭 안은 채 널 쳐다보고 있다. 너는 극장을 나와 주차장에 세워두었던 봉고로 간다. 가방을 조수석에 던져 넣고 시동을 건다. 막 차를 출발시키려는데, 등 뒤에서 목소리가 들린다.

"돈 가져왔냐?"

너는 실내등을 켠다. 백미러를 통해 형님이 보인다. 그리고 두꺼비의 야비한 얼굴. 두꺼비가 멍키스패너로 너를 후려친다. 너는 기절한다.

*

너는 보라와 함께 차를 타고 있다. 보라가 운전대를 잡은 네 팔을 어루만진다. 화난 거 아니지? 전부 우릴 위해서였어. 이 가방 보이지? 여기 돈이 있어. 서울에서 우리 둘이 원하는 건 뭐든 할 수 있어. 너는 분노로 속이 끓지만 한편으론 너무나 기뻐서 하늘을 날 것 같다. 보라는 나직하게 말한다. 그러니 날 절대 보지 마. 너는 갑자기 뭔가가 크게 잘못되었음을 느낀다. 마치 자석에 끌린 것처럼 보라를 돌아본다. 그리고 검게 썩은 그녀의 얼굴을 보고 비명을 지른다.

정신을 차리면 너는 여전히 차 안에 있다. 운전석에서 형님이 담배를 피운다. 다시 잠든 척하려고 하지만, 형님은 네가 깬 것을 알아차린다.

"괜찮아? 두꺼비가 너무 세게 때려서 걱정했다. 뒈진 줄 알고."

캄캄한 밤이다. 헤드라이트 불빛으로 두꺼비가 땅을 파는 모습이 보인다. 너는 두꺼비를 쳐다보다 형님에게로 시선을 옮긴다. 너는 간신히 묻는다.

"형이 보라 죽였어요?"

"죽이긴 누가 죽여? 물론 내가 봤으면 죽였겠지. 그 개년 때문에 내가 얼마나 고생을 했는데. 돈을 가지고 함께 도망가자고 하더니, 혼자 튀어? 날 아주 졸로 본 거지."

너는 형님이 무슨 말을 하는지 이해가 가지 않는다. 정신을 집중하려 해보지만 머리가 아파 잘되지 않는다. 형님은 말한다.

"넌 무식해서 잘 모르겠지만 온천 사업 나가리 되기 일보 직전이야. 온천으로 인정받기에는 무슨 성분이 부족하다나? 수량도 부족하고. 뭔가 잡다한 이유를 잔뜩 붙이는데, 개새끼들. 어쨌든 곧 부적격 판정이 날 거야. 그럼 사업은 완전히 망하는 거지. 땅 사놓은 것도 다 똥값이 될 거고."

"그래서……."

너는 생각을 정리하며 말을 고른다. 서서히 머리가 돌아가기 시작한다. 보라는 창선도, 형님도 배신했다. 어쩌면 너도.

"내 나이 벌써 마흔다섯이야. 언제까지 무지렁이 촌놈들 겁이나 주면서 살아야겠냐? 보라가 금고에 있는 돈을 들고 사라지면, 내가 경찰에 신고하기로 했지. 어차피 이름도 가짜, 직업도 가짜, 뭐 하나 진짜인 게 없는 년이잖아? 투자자 새끼들이 무슨 지랄을 해도 돈이 없다는데 어쩌겠어? 사무실 정리하고 보라한테 받은 돈으로 어디 휴양지 같은 데서 제대로 리조트 사업 좀 해보려고 했지. 근데 그년이 혼자 튀었지 뭐냐."

형님이 네 가까이 얼굴을 들이밀고 묻는다.

"돈 어디 있어?"

"무슨 돈요?"

"그년이 훔친 돈!"

"몰라요."

"사람 뒤통수를 쳐도 유분수지. 코찔찔이 시절에 데려다가 밥 먹이고 일 시켜줬더니 생판 모르는 년이랑 손잡고 날 털어?"

형님은 차 문을 열고 너를 내동댕이친다. 네가 몸을 일으키기도 전에 머리 위로 발길질이 쏟아진다. 두꺼비가 네 겨드랑이를 잡아 일으킨다. 두 사람이 널 질질 끌고 가 구덩이에 거꾸로 처박는다. 얼굴에 축축한 흙이 닿는다. 너는 간신히 돌아앉는다. 차가운 빗방울이 얼굴을 때린다. 캄캄한 하늘에서 구멍이 뚫린 것처럼 비가 쏟아지고 있다. 너는 입을 벌려 목을 축인다. 당장은 얻어맞지 않는 것만으로도 기쁘다.

"니가 보라 죽였지?"

형님은 두꺼비가 쓰던 삽을 들고 네 머리 위에 서서 묻는다. 기운만 있다면 화를 냈을지도 모른다. 하지만 네 입에서 나온 말은 속삭임에 가깝다.

"내가 안 죽였어."

"보라는 너한테 돈을 챙겨 달아나자고 했을 거야. 너는 근본 없는 새끼니까 옳다구나 했겠지. 그런데 보라는 널 공짜 짐꾼 정도로 생각한 거지. 날 피해서 이 동네만 빠져나가면 된다고 생각했을 테니까. 넌 그걸 알고 화가 나서 보라를 죽인 거야. 어쩔 줄 몰라 하다 여기 묻을 생각을 한 거지."

"아니야."

형님의 목소리가 더욱 커진다.

"그런데 네가 언제 산에 올라와봤어야 말이지. 소싯적에 본드 불러 올라왔던 게 단데. 어딜 파야 되는지 알 리가 있나. 그렇다고 땅을 깊이 팔 정도로 끈기가 있는 놈도 아니고. 적당히 시체를 덮을 만큼만 파고 그만둔 거지."

"아니라니까!"

너는 있는 힘껏 소리친다. 형님은 흙을 퍼 네 얼굴에 뿌린다. 좁은 구덩이는 피할 곳조차 없다. 너는 두 손으로 얼굴을 가린 채 구석에 웅크린다.

"돈! 어디 있어!"

"몰라요."

너는 숨을 헐떡이며 대답한다. 분노는 사라지고 공포가 남는다.

"처음부터 네 짓인 거 알고 있었다. 네가 언제 여길 뜰지 몰라서 두꺼비를 붙여놨지."

형님 옆에 온몸이 흙으로 범벅이 된 두꺼비가 우산을 받쳐 들고 서 있다.

"시체 발견되고, 네가 꽁지 빠지게 돌아다니는 거 보고 곧 도망치겠구나 싶더라. 아니나 다를까, 극장에서 가방을 챙겨 나오데? 찾았구나 싶어서 때려잡았는데 이게 뭐냐?"

형님은 차에서 보라의 트렁크를 가져와 네게 던진다. 가방 안에서 벽돌이 쏟아진다.

"돈 어디 있는지 말해. 보라 죽인 거 감춰줄 테니. 난 돈만 있으면 되니까."

"내가 안 죽였어."

"그래, 안 죽였어. 그러니까 돈 내놓으라고!"

형님은 발악하듯 외친다. 너는 두꺼비에게 시선을 준다. 두꺼비는 너와 시선을 마주치자 고개를 돌리며 가래침을 뱉는다. 네가 무슨 말을 하든 형님은 널 죽일 것이다. 네가 택할 길은 하나밖에 없다. 너는 힘껏 외친다.

"야! 두꺼비! 나랑 반씩 나누자!"

두꺼비의 눈이 커다래진다.

"너 용식이가 어떤 새끼인지 알잖아. 돈 찾는다고 너한테 한 푼이라도 줄 거 같으냐? 돈 한 푼에 벌벌 떨고 뒤끝 찌는 놈이야. 네가 죽도록 땅 팠다고 상이라도 줄 것 같아? 절대 아니다! 다음 차례는 너야!"

두꺼비가 당황한 얼굴로 주춤주춤 물러선다. 형님은 힐끔 두꺼비를 쳐다보고는 널 향해 환히 웃는다.

"그러니까 네가 돈 갖고 있는 거 맞다 이거지?"

형님의 목소리는 밝다. 너는 형님을 무시하고 두꺼비에게 계속 외친다.

"내가 죽으면 너도 죽어. 당장은 아니겠지. 날 묻을 놈이 필요할 테니까. 하지만 결국은 죽는다! 날 봐. 십 년을 넘게 따라다녔는데 이 꼴이다. 넌 어떻겠냐? 형님이 목격자를 그냥 둘 것 같아? 나랑 손잡아! 네가 살 길은 그것밖에 없어!"

"그 새끼 거 말 많네."

형님은 흙을 퍼 네 얼굴에 뿌린다. 한 삽, 두 삽, 세 삽. 너는 다리 사이에 머리를 처박고 웅크린다. 목덜미를 다고 질척질척한 진흙이 흘러내리고 입안 가득 돌멩이가 씹힌다. 어느새 구덩이에 물이 발목까지 차올랐다. 형님이 바닥에 삽을 내리꽂으며 말한다.

"이제 정신이 좀 나냐. 개소린 그만하고 돈 얘기나 하자. 네 몫도 챙겨줄 테니까."

형님은 두꺼비를 돌아본다.

"야, 난 너 믿는다. 알지?"

두꺼비가 뭐라 대답하지만 네게는 들리지 않는다. 하지만 무슨 말을 할지 짐작이 간다. 두꺼비는 아직 어린애다. 형님과 싸울 엄두를 낼 리 없다. 탐욕만으로 사람을 죽일 수 있는 자는 거의 없으니까. 네가 노리는 건 형님이다. 형님은 돈을 위해서라면 무슨 짓이든 할 수 있는 인간이다. 그렇기 때문에 타인을 믿지 못한다. 이제 돈을 가질 수 있다고 생각한 지금, 절대 두꺼비를 내버려두진 못할 것이다.

형님이 말한다.

"차에 잠깐 가 있어라."

두꺼비가 고개를 끄떡이고 돌아선다. 형님이 천천히 그 뒤로 다가간다. 너는 벽을 짚고 일어선다. 다리가 고무로 만든 것처럼 떨리지만 결국 똑바로 서는 데 성공한다. 입안 가득 고여 있는 흙을 뱉어내고 구덩이 밖으로 손을 뻗는다. 흙이 부서지며 머리 위로 쏟아진다. 너는 고꾸라졌다가 다시 일어선다. 이번에는 가방을 밟고 다시 손을 뻗는다. 네가 구덩이 위로 올라서자, 형님이 삽으로 두꺼비의 머리를 내리치는 광경이 보인다. 자동차 헤드라이트로 피가 튀어 네게 쏟아지는 불빛이 붉게 느껴진다. 형님이 널 노려본다. 희번덕거리는 눈알. 들썩이는 어깨. 얼굴 여기저기에 피가 묻어 있다.

형님이 피로 물든 삽을 발끝으로 툭툭 차며 네게 다가온다.

"다 네 잘못이야. 쟤는 너 때문에 죽은 거야."

형님은 널 죽이지 못한다. 네가 죽으면 돈을 가질 수 없으니까. 너는 형님을 향해 몸을 날린다. 네 예상대로 형님은 삽을 휘두르지 못한다. 너는 형님의 다리를 잡고 바닥을 구른다. 진흙탕을 뒹굴며 드잡이질을 한 끝에, 형님이 네 위에 올라타 주먹을 날린다.

"돈! 어디 있냐고!"

머리와 귀가 윙윙 울린다. 너는 한 손으로 얼굴을 가리며 다른 손으로 허리띠에 차고 있는 잭나이프를 뽑아 형님의 옆구리를 찌른다. 형님이 새벽닭처럼 목을 뽑으며 비명을 지른다. 너는 손바닥으로 형님의 가슴을 밀어낸다. 형님은 셔츠를 주룩주룩 피로 물들이며 주저앉는다. 너는 형님에게 다가가 나이프를 뽑아낸다. 그것으로 싸움은 끝난다.

*

두꺼비는 머리가 깨진 채 죽어 있다. 부서진 두개골에서 피가 흘러나온다. 피는 빗물과 섞여 흙속으로 스며든다. 너는 형님을 구덩이로 끌고 간다. 형님이 숨을 헐떡이며 사정한다.

"그만하고 구급차 좀 불러라. 피가 안 멈춘다."

너는 형님을 구덩이로 밀어 떨어뜨린다. 구덩이는 물이 차 있어 네 얼굴까지 흙탕물이 튄다. 형님은 허우적대다 간신히 균형을 잡고 물 밖으로 핸드폰을 꺼낸다. 핸드폰은 이미 물에 흠뻑 젖어 작동할 것 같지 않지만 위험을 감수할 필요는 없다. 너는 두꺼비의 시체를 형님에게 던진다. 쿵. 형님은 핸드폰을 놓치고 돌에 깔린 개구리처럼 허우적댄다. 형님의 최신 스마트폰이 물속으로 가라앉는다. 너는 조금 전 형님이 그랬던 것처럼 삽을 쥔 채 쪼그려 앉는다. 형님은 살려달라고 빌고, 돈은 너 다 가지라고 소리치고, 오히려 얼마간 보태주겠다는 말까지 한다.

"아까 일 때문에 화난 거냐? 장난이야, 장난. 우리가 몇 년을 알았는데. 의리로 살고 의리로 죽는 건달이잖아. 난 그냥 좀 섭섭해서 그런 거지. 일단 좀 꺼내줄래? 여긴 좀 살벌하네. 어디 따뜻한 데 가서 얘기하자."

두꺼비의 축 늘어진 몸뚱이가 형님 옆에 떠 있다. 형님은 두꺼비를 밀어내려고 애쓰지만 좁은 구덩이에서는 불가능한 일이다. 구덩이 속 물은 점점 짙은 붉은빛을 띤다.

너는 묻는다.

"보라, 형이 죽였죠?"

"뭐?"

"보라요."

"내가 죽였으면 시발, 너랑 이 지랄을 하고 있었겠냐? 돈 가지고 벌써 여길 떴지."

형님이 숨이 넘어갈 것처럼 기침을 내뱉는다. 선홍색 핏물이 입술을 타고 뚝뚝 떨어진다. 형님은 숨을 몰아쉬며 널 노려본다.

"너 아냐? 그리고 돈 혼자 먹은 거 아니었어?"

"아뇨. 난 안 죽였어요."

"그럼 누군데? 돈은? 누가 가지고 있는데?"

"지금도 그게 중요해요?"

너는 형님의 머리를 향해 흙을 퍼 올린다. 형님은 흙을 뒤집어쓰고 기침을 한다. 너는 삽질을 멈추지 않는다. 형님은 어떻게든 구덩이 밖으로 기어 나오려고 해보지만, 옆구리에 칼을 맞은 데다 두꺼비의 시체가 부대껴 자꾸 미끄러지기만 할 뿐이다.

너는 마지막으로 묻는다.

"보라 누가 죽였죠? 정말 형 아니에요?"

형님은 지쳤는지 얼굴에 묻은 흙덩이조차 털어내지 않는다. 그는 간신히 말한다.

"그게 그렇게 중요하냐?"

너는 마저 흙을 덮고 바닥을 다진다.

*

너는 봉고를 몰고 산을 내려온다. 수많은 의문이 꼬리에 꼬리를 문다. 너는 길가에 차를 세우고 담배를 꺼낸다. 니코틴이 머리에 들어가자 조금이지만 정신이 돌아온다. 그녀가 네게 전화했을 때, 정확히 뭐라고 했지? 너한테 아주 소중한 장소. 자세한 건 이따 이야기해줄게. 나 욕하면 안 돼. 다 우릴 위해서 그런 거니까……. 보라는 자판기 뒤에 돈을 감추고 네게 전화한 것이다.

네가 돈을 찾아 따라오길 바랐던 걸까. 널 짐꾼으로 이용할 계획이었던 걸까. 무료 택배. 서울까지 안전하게 돈을 보내드립니다. 보라는 이곳에서 만난 모든 남자를 유혹하고 또한 이용했다. 너만 아닐 거라고 생각하는 건 우습다. 사실은 고민할 필요조차 없는 일이다. 보라가 죽은 이상 모든 게 다 끝났으니까. 하지만 네게는 그렇지 않다. 이것은 네 존재 이유와 관련된 문제다. 네가 단 한 번이라도 누군가에게 소중한 존재였는지에 대한 문제다. 네가 살인범을 잡으려는 건 보라 때문이 아니다. 너 자신을 위해서다.

너는 문득 살인범이 누군지 깨닫는다. 보라는 관련된 모든 사람을 이용했지만 그중에 돈을 빼앗을 기회를 가진 건 한 사람밖에 없었다. 너는 살인범의 집으로 간다. 하지만 그녀는 집에 없다. 다행인 건 그녀에게 차가 없다는 점이다. 너는 읍내 택시 조합으로 전화하고 한 시간 전, 그녀가 장거리 택시를 대절해 서울로 떠났다는 말을 듣는다.

"기사한테 전화해서 가까운 휴게소에 멈추라고 해."

"아휴, 동생. 그게 말이 돼? 잘 가는 차를 어떻게 세워."

"차가 고장 났다고 하든가! 화장실이 급하다고 하든가! 아무튼 세워!"

너는 욕하고 화내고 달래다 나중에는 형님의 이름까지 판다. 결국 그쪽에선 네 요청을 받아들인다. 너는 아파트에서 뛰어나와 그녀의 봉고에 탄다. 고속도로 초입의 '서울' 표지판을 보며 넌 묘한 해방감을 느낀다. 떠나는 건 이토록 간단한 일인데 용기를 내지 못했다. 조합에서 휴게소 이름이 문자로 온다. 너는 액셀을 끝까지 밟는다.

늦은 밤의 휴게소는 한산하다. 밤참을 먹던 사람들이 널 보고 수군댄다. 흠뻑 젖은 데다 여기저기 핏자국까지 있으니 당연한 일이다. 매점 여자는 빈 의자에 앉아 충무김밥과 우동을 먹고 있다. 딱 정벌레를 연상시키는 땡땡이 원피스에 빨간색 하이힐을 신었고, 발밑에는 커다란 보스턴백이 놓여 있다. 그리고 여자 옆에는 마담이 앉아 있다. 너는 마담을 보고 놀라지만 곧 매점 여자 혼자 일을 벌일 수 없었을 거란 사실을 깨닫는다. 택시 기사가 물을 떠 오다 널 본다. 네가 턱을 까딱이자, 기사는 잔을 내려놓고 급히 휴게소를 빠져나간다. 마담이 고개를 들었다가 널 보고 귀신을 본 것처럼 놀라고 매점 여자는 사레들린 것처럼 기침을 한다. 너는 두 사람 맞은편에 앉는다. 마담이 먼저 정신을 차리고 어색히게 웃는다.

"너 얼굴이 왜 그래? 누구랑 싸웠어?"

"둘이 어디 가?"

"잠깐 사촌 오빠한테. 마음이 복잡하다고 하니까 놀러 오라지 뭐야."

마담은 매점 여자의 팔을 잡으며 말을 잇는다.

"얘도 심심하다고 하고 그래서……."

"아무 데도 가지 말라고 했잖아."

"금방 갔다 오려고 그랬지. 도망가는 거 아니니까 괜찮을 줄 알았는데 아니었어? 설마 나 잡으러 온 거야? 용식이도 알아?"

"누가 보라 죽였어? 누나야, 아니면 이 아가씨? 아니면 둘이 같이 했나?"

마담의 얼굴이 창백하게 변한다.

"무슨 소리야. 우리가 누굴 죽여."

"보라가 돈 놓고 갔다고 할 때부터 이상하게 생각했어. 다른 모든 사람을 배신했는데 누나만 예외일 리가 없으니까. 그럴 시간도 의리도 없지."

"그거야 걔 마음이지. 난 잘 몰라."

너는 매점 여자에게 시선을 돌린다.

"보라가 극장에 돈을 숨겨놨어. 근데 빈 가방만 남기고 벌써 누가 가져갔더라고. 이상하지? 돈을 가져가려면 가방까지 가져가는 게 나을 텐데. 어떻게 안에 있는 것만 빼갈 수 있었을까. 생각해보면 극장 금고에서 어떻게 돈을 훔쳐냈는지도 궁금하지. 아무리 망해가는 극장이라도 사람은 항상 있는데. 누군가 극장 내부에 조력자가 있지 않다면 말이지."

매점 여자는 대답하지 않은 채 널 바라본다. 마담은 도움을 청하려는 듯 주위를 둘러보지만 아무도 너희에게 관심을 보이지 않는다. 다들 자신의 일만으로도 너무 피로하다.

너는 말한다.

"용식이 형 부를까?"

"용식이 오빠를 왜 불러. 우리끼리 얘기하면 해결될 일인데. 왜 그런 오해를 하는지 모르겠지만, 난 정말 몰라. 그냥 돈 몇 천 받은 게 전부야."

"마지막 기회야. 형님 성격 알지?"

마담은 사색이 된다. 너는 구덩이에 잠겨 있을 형님에게 전화를 건다. 마담이 매점 여자에게 시선을 준다. 매점 여자의 표정은 의외로 평온하다. 그녀가 입을 연다.

"우리한테 돈 있어요. 반반씩 나눠요. 그럼 되죠?"

"좋지, 돈. 근데 보라는 누가 죽였어?"

마담이 어색하게 웃으며 벌떡 일어선다.

"그게 뭐 중요해. 자기 경찰도 아니잖아. 나가자. 나가서 돈 받아."

너는 마담의 팔을 잡는다.

"말하기 전에는 아무 데도 못 가."

그때 잠바 차림의 남자가 휴게소 안으로 들어와 소리친다.

"버스 출발합니다. 서울 가시는 분 나오세요."

사람들이 일어나 휴게소를 빠져나간다. 마담과 매점 여자는 네 어깨 너머로 떠나는 사람들을 쳐다본다. 버스를 타고 떠나고 싶겠지만 그럴 수 없음을 그들도 안다. 마담이 절망스러운 표정으로 너와 매점 여자를 번갈아 쳐다본다.

매점 여자가 말한다.

"내가 했어요. 이제 됐어요?"

마담의 얼굴에 화색이 돈다. 그녀가 네 귓가에 속삭인다.

"맞아, 난 나중에 알았어. 처음에는 몰랐어."

매점 여자가 차분하게 말한다.

"언니, 밖에서 기다려. 금방 따라갈게."

마담은 허둥지둥 휴게소를 빠져나간다. 매점 여자는 침착하게 널 바라본다. 하지만 택시 기사가 놓고 간 물을 마시는 손이 살짝 떨린다.

"당신이 좋아할 가치가 없는 여자였어요. 사장님뿐만 아니라 다른 남자들하고도 놀아나고 그랬으니까. 돈 줄 테니까 그거 가지고 가서 새 삶을 찾고 다른 여자 만나요. 세상에 예쁘고 착한 여자가 얼마나 많은데. 나한테 복수한다고 뭐가 달라져요? 원한다면 내가 도와줄 수도 있어요. 내가 다 잊게 해줄게."

그녀가 네게 손을 뻗는다. 너는 그녀의 손을 쳐내고 다시 묻는다.

"한 가지만 묻자. 보라가 죽기 전에 어딜 가고 있었어?"

"뭘 알고 싶은 거예요?"

"날 만나야 한다는 얘기 같은 거 안 했어?"

매점 여자는 한숨을 쉬고는 차갑게 말한다.

"안 했어요. 안타깝네요. 그 여자는 그쪽한테 전혀 마음이 없었는데. 나중에 그쪽한테 돈을 가져오라고 부탁했겠지만 당신을 만날 생각은 없었을걸요. 그냥 안전하게 돈을 운반해줄 옵션 중 하나

였겠죠."

너는 손을 뻗어 그녀의 목을 잡는다. 매점 여자의 얼굴이 벌겋게 변하고 두 발이 허공에 뜬 채 버둥댄다. 하이힐이 벗겨진다. 식당 종업원이 소리를 지른다. 세상에, 저러다 죽겠어요. 누가 나서봐요. 하지만 아무도 나서지 못한다. 네가 손을 풀자 매점 여자는 바닥에 주저앉는다. 그녀는 컥컥 기침을 하며 널 쏘아본다.

"갑자기 왜 이래! 미쳤어?"

"정말이야? 정말 날 만날 생각이 없었어?"

"그렇다니까!"

너는 다시 손을 뻗는다. 누군가 핸드폰을 꺼내 경찰에 신고한다. 매점 여자는 하얗게 질린 얼굴로 말을 쏟아낸다.

"아냐, 널 만나러 가고 있었어. 널 좋아한다고 같이 서울로 떠나고 싶다고 그랬어. 그런데 막판에 살짝 일이 틀어졌어. 그래, 마담 언니. 마담 언니가 죽였어."

"못 믿겠어."

너는 매점 여자의 목에 손가락을 댄다. 그녀는 비명을 지른다.

"날더러 어떻게 하라고! 보라가 널 좋아했길 바라는 거야? 아닌 거야?"

너는 동작을 멈춘다. 매점 여자는 눈물을 글썽이며 널 본다.

"어떤 대답을 원하는 거야? 제발 말해봐."

너는 매점 여자의 눈을 한참 동안 바라보지만 거기에는 공포밖에 보이지 않는다.

　모르겠군. 정말로 모르겠어. 너는 마음속으로 중얼거린다. 처음 부터 그랬다. 보라와 함께 있을 때도 그녀의 마음을 알지 못했던 네가, 그녀가 죽고 난 다음 무엇을 알 수 있을까. 네가 알 수 있는 건 네 마음뿐이다. 사실 그조차도 온전하지 못하다. 네가 정말로 보라를 사랑했다면, 그녀가 널 정말 좋아했는지 알아내기보다는 살인범을 잡는 데 집중했을 것이다. 너는 매점 여자의 목을 쥔 손에 힘을 준다.

*

　너는 휴게소를 나온다. 사람들이 널 보고 주춤주춤 물러선다. 택시도 마담도 떠나고 보이지 않는다. 서울행 버스가 막 출발하려 하고 있다. 너는 기사의 손에 만 원짜리 두 장을 쥐여주고 빈자리에 앉는다.

　진작 떠났어야 했다. 보라가 사라지자마자 바로.

　버스는 출발하지 않는다. 창밖으로 멀리 경찰차 사이렌이 보인다. 너는 창에 머리를 댄 채 보라를 생각한다. 그날, 너는 버스 터미널에서 보라를 만났다. 그녀는 타이트한 미니스커트에 하얀색 재킷을 입고 있었고, 한쪽 손에는 자기 몸만큼이나 커다란 트렁크를 질질 끌며 걷고 있었다. 네가 걸음을 멈춘 건 그녀의 미소 때문이었다. 그 미소는 눈부시고, 기분 좋고, 사람을 녹일 듯이 따스했다. 이제야 너는 네 마음을 확실히 깨닫는다. 보라가 어떤 여자든 네게는 상관이 없었다는 걸. 그랬다. 너는 첫눈에 그녀에게 반했다.

그해
여름

그해 여름 난 항주杭州에 있었다. 여러 가지 문제로 머리가 복잡해 반쯤 휴양차 간 것이었는데 아는 사람을 만나 일을 맡게 되었다. 처음에는 용돈벌이 삼아 시작했지만 보수도 적당하고 일도 어렵지 않아 항주에 눌러앉기로 했다.

항주는 살기 좋은 곳이었다. 경치도 아름답고 여자들은 교태가 넘쳤다. 광대한 미작 지대인 북부 절강과 강소로부터 쌀을 운반하는 배가 끊임없이 운하로 밀려들고 육시肉市라 불리는 돼지고기 시장에선 매일 아침 갓 잡은 신선한 고기를 팔았다. 바다에서 매일 수십 척의 고깃배가 신선한 어패류를 가져오고 서호西湖에서도 계절마다 다양한 민물고기가 잡혔다. 동쪽 교외 신문新門 앞에는 야채 시장이 있고 시의 동쪽 후조교後潮橋에는 선어 시장, 하안에는 게시장,

남쪽 성벽 밖에는 중원을 통틀어 다섯 손가락 안에 들 정도로 큰 한약 시장이 있었다. 그리고 중심가에는 커다란 주루며 다방, 귀금속집, 공예품점, 그리고 고급 연회장이며 도박장까지 없는 게 없었다.

항주는 똥 빼곤 버릴 것이 없는 완벽한 도시였지만 그중 압권은 무림인이었다. 항주는 호구만이 무림인이 될 수 있다고 법으로 정해놓은 도시 같았다. 가장 위험하다는 뒷골목조차 그저 좋은 게 좋은 거 아니냐고 헤헤 웃을 줄만 아는 무골호인들이 득실거렸다. 장사치에게서 빌린 돈을 받아내다가도 고향에 두고 온 노모 생각에 질질 짜면서 원금만 돌려받는 녀석들이다. 이놈들은 사람이 죽을까 봐 칼도 제대로 휘두르지 못했다.

내가 있던 하북河北에선 누군가 자신을 모욕했다 싶으면 지옥 끝까지 쫓아가서라도 보복하는 것이 원칙이었다. 말을 섞을 필요도 없다. 얼굴을 보는 즉시 칼을 휘둘러 목숨을 뺏고 간을 꺼내 씹어야 진짜 협객 대우를 받았다. 하지만 항주에는 뺨을 맞고도 실실거리는 녀석들밖에 없었다.

도시가 크면 뜯어먹을 곳도 많은 법이다. 항주는 장사치에 도박꾼, 창녀, 도둑놈에 강도 들이 득실거리는, 그야말로 무림인에게 황금 어장과 같은 곳이었다. 그런데 이들을 관리해야 할 무림인이 물렁해빠졌다. 돈 냄새를 맡은 불한당들이 사방에서 꼬일 수밖에 없다.

그중에 지다성 구류이 있었다.

지다성 구류은 녹림사십팔채綠林四十八寨 중 비호채飛虎寨의 채주로 무식한 외모만큼이나 흉측하게 생긴 여덟 개의 뾰족한 갈고리를 무기로 썼다. 그 갈고리로 상대를 푸줏간 고기처럼 너덜너덜하게 만드는 것이 놈의 유일한 취미였다. 돈 떨어지는 소리도, 여자의 교성도 아니고, 하다못해 비단 찢는 소리도 아닌, 갈고리로 가죽을 벅벅 긁는 소리가 세상에서 제일 좋다고 떠드는 인간이 정상일 리 없다.

지다성이란 별호를 머리가 좋다는 의미로 받아들여선 안 되는 것이 지다智多가 아니라 지다脂多, 즉 손가락이 많다는 뜻이었다. 갈고리로 하도 그어대니까 생긴 별명이다. 녹림사십팔채의 총채주가 구류에게 살해당한 시체를 보고, '이 새끼 밭고랑 내나…… 촘촘하게도 긁어놨네. 넌 손가락이 한 스무 개 되냐?' 하고 말한 것이 시작이었다고 한다.

말이 좋아 녹림호걸이지, 사실은 산적, 크게 해먹는 산적에 불과한 것이 그들이다. 산속 깊숙한 데 틀어박혀서 지나가는 사람들 돈이나 갈취하는 인종들의 정신이 멀쩡하게 박혔을 리 없다. 구류은 그런 녹림도 내부에서도 미친놈이라고 불릴 정도의 심각한 악당에 인면수심, 사회 부적응자였다. 게다가 머리도 나빴다. 중원 전체에 지명수배된 녹림도란 놈이 대명천지에 항주 도심까지 내려와 도박장을 들락거릴 정도라면 지능이 어떨지 더 말할 필요도 없다. 그것만으로도 녹림의 채주라는 정체성을 망각한 태도였는데, 구륭은 그것만으론 부족하다 여겼는지 도박장에서 온갖 추태를 다 부렸다.

구륭의 도박 전략은 간단명료했다. 돈을 따면 가져가고, 잃으면 도로 내놓으라고 억지를 부리는 것이다. '내가 언제 돈 걸었어? 엉? 잠깐 내려놨던 거 아냐! 안 내놔? 어?' 하는 식이다. 말도 안 되는 오랑캐식 논리지만 효과는 있었다.

누가 감히 지다성 구륭에게 덤비겠나. 자살하고 싶으면 서호에 몸을 던지는 게 낫다. 구륭이 특유의 눈웃음을 치면서 솥뚜껑 같은 손을 어깨에 올릴 때, 돈을 돌려줄 수 없다고 말할 수 있는 도박꾼이 있다면 내가 한 번 만나보고 싶다.

항주가 아무리 물렁한 도시라고 해도 진짜배기 무림인들이 없는 것은 아니다. 개중에는 피를 보는 것을 두려워하지 않는, 아니 오히려 좋아하는 작자들도 있다. 하지만 도박장은 그 생리상 조용하게 운영될 필요가 있다. 도박 좋아하는 사람치고 번잡한 것 좋아하는 사람 없다.

내가 도박꾼이라서 하는 이야기가 아니라 진짜로 하는 말인데, 도박꾼은 명경지수明鏡止水처럼 고요하게 골패와 마주하길 원하지, 근처에 지랄하는 인종이 있는 걸 원치 않는다. 구륭 같은 미친놈과 싸운답시고 기물을 부수고 벽에 피를 뿌려대면 그 가게는 분명히 망한다. 그렇다고 포도아문捕盜衙門에 연락해서 해결해달라고 할 수도 없는 것이—세상에 구룡보다 돈을 밝히는 인간이 있다면 바로 관원이기 때문이다.

항주의 관원은 돈 냄새 잘 맡기로 악명 높았다. 평소에도 도박장을 제집 드나들듯 드나들며 용돈을 요구하는 놈들인데, 한 번만 도와달라고 해봐라. 당장 생명의 은인처럼 으스대면서 아예 들어앉으려고 할 거다.

결국 항주 중심부의 도박장 주인 다섯이 모임을 가졌다. 표면적으론 도박장을 경영하는 장사치들이지만 실제론 항주의 밤거리를 지배하는 다섯 따거大兄들의 회합이다. 사람들은 이들을 오대현인五大賢人이라고 불렀다. 그들 중 우두머리는 골동품 가게, 금룡金龍의 주인인 석방평이었다.

석방평은 이제 막 환갑이 지난 노인으로 이웃집 아저씨처럼 포근한 인상의 소유자였지만 그건 겉보기에 불과할 뿐 실상은 살도귀殺刀鬼란 별호를 가진 구제불능의 살인자였다. 나이를 먹고 특유의 잔인성도 살집 속으로 사라졌지만 가끔씩 쏘아보는 눈빛 사이로 과거 무림의 영웅호걸들을 토막 냈던 흉포함을 느낄 수 있었다.

석방평은 어떤 도박장도 경영하지 않았다. 하지만 모든 도박장의 주인이기도 했다. 항주에서 도박 영업을 하는 자는 누구든 석방평에게 상납금을 바쳐야 했다. 상납이 하루라도 늦거나 한 푼이라도 적으면 그자는 죽은 목숨이나 다름없었다. 석방평은 항주 흑도 문파 중 가장 세력이 크고 잔인하기로 소문난 흑사방黑死幇의 우두

머리였다. 석방평 밑에는 피도 눈물도 없는 살인자들이 잔뜩 있었다.

석방평은 인내심이 부족한 인물이었고, 구룡이라고 특별히 참아줄 생각이 없었다. 그쯤 되는 거물이면 다른 사람 생각을 안 하는 법이다. 간단한 회의 끝에 석방평은 결론을 내렸다.

"그놈 적당히 손봐줘."

석방평의 입에서 '적당히'라는 말이 나왔다는 것은 적당한 시점에 인근 야산에서 시체로 발견되게 하라는 의미다. 도박장에서 날뛰면 이렇게 된다는 걸 보여주는 일종의 본보기 같은 거다. 회의 결과를 전해 들은 흑사방의 실무자들은 구룡을 죽여버릴 계획을 짜기 시작했다.

하지만 문제가 있었다. 어찌 되었건 구룡은 녹림사십팔채의 고급 간부였다. 마음에 안 든다고 죽여버리면 전쟁이 일어난다. 녹림 총채주에게 그간의 사태를 통보하고 허락을 구하는 것이 순서다.

어느 쪽 책임이 더 큰지 따져보는 것으로 시작해서 일을 어떻게 처리할 것인지, 만일에 죽인다면 보상금은 얼마로 정할 것인지, 죽이는 시점은 언제가 되는 것이 좋을지 양측 모두가 만족할 날짜를 고르는 일로 한바탕 소동을 벌인 후—제삼자에게 빚이 있을 수도 있고 병든 노모가 집에 있을 수도 있기에—시체 처리는 어떻게 할 것인지 전례에 따라 논의한다. 그리고 최종적으로 죽여도 좋다는 결론이 내려지면 그때 '적당히' 일을 벌일 수 있다.

야심만만한 애송이들은 '무림에 무슨 순서며 도리냐, 힘 있으면 일단 죽이고 보는 거지' 하고 말할지도 모른다. 그렇게 말하는 놈이 스물 넘게 사는 경우를 나는 보지 못했다. 무림에 몸담은 인간이라도 하고 싶은 일만 하면서 살진 못한다. 오히려 무림인이기 때문에, 무슨 일이든 무력으로 결론을 내리는 세계에 있기 때문에 더욱 지켜야 할 규율이 있는 법이다. 아무리 싸움이 좋다고 해도 일 년 내내 미친개처럼 싸우고 다닐 순 없는 일이니까. 이것도 다 먹고살자고 하는 일이다.

석방평도 잔인하다는 점에선 둘째가라면 서러운 인간이었지만 일의 순서는 철저하게 지켰다. 그는 녹림 총채주에게 사람을 보내 사정을 설명했다. 앞뒤로 길고 복잡한 수식어가 붙어 있었지만 그 요지만 말하자면―구룡을 손봐줄 생각이니 양해해달라는 거였다.

답신이 도착한 다음 날, 오대현인은 날 불렀다. 그들은 언제나 흑교 옆의 대풍주루大豊酒樓에서 모였다. 그들은 주루의 최상층인 7층을 통째로 사용했고 여자 한 명 부르지 않고 조용히 밀담을 나눈 후 흩어졌다. 5층과 6층은 거물들의 경호원들이 사용했다. 날 주루까지 안내한 자는 귀면검객鬼面劍客이란 별호의 칼잡이였는데, 녀석은 오대현인의 회합에 외부인이 참석한 건 이십 년 만에 내가 처음이라고 말해주었다. 난 물었다.

"이십 년 전엔 누가 왔었는데요?"

귀면검객은 귀신처럼 웃으며 대답했다.

"모릅니다. 석 대인에게 말대답을 했다가 망치로 머리를 맞았거든요. 통성명을 할 시간은커녕 얼굴도 못 알아보겠더군요.”

녀석은 석방평이 말을 거는 일은 흔치 않으니 걱정할 것 없다고 덧붙였지만 위안이 되지 않았다. 주루의 7층에는 다섯 명의 노인이 앉아 있었다. 하나같이 주름진 얼굴에 탐욕으로 가득 찬 눈을 가진 자들이었다. 그들 중에 석방평의 눈이 가장 크게 빛났다. 노인 넷은 침묵을 지켰고 그들 중 가장 뚱뚱한 노인이 질문을 던졌다.

“우리 애들 말로는 일을 제법 한다던데. 철혈문鐵血門 출신이라고?”

“예.”

나는 미지근하게 식은 찻잔을 만지작거리며 대답했다.

“철혈문주에서도 알아주는 인재라고 들었는데……. 어쩌다 항주까지 왔나?”

“개인적 사정이 있었습니다.”

“그러니까 그 개인적 사정이 뭔지 알고 싶다는 거지.”

나는 다리를 꼬았다. 이런 종류의 이야기는 언제 어디서 해도 불편하다.

“돈 문제가 있었습니다.”

“돈 문제?”

“도박을 좀 했거든요.”

“도박! 하긴 자네 우리 도박장에 들락거린다는 이야긴 들었지. 거참…… 도박이란 게 적당히 하면 참 건전한 놀이인데…… 꼭 지나치게 하다가 패가망신을 한단 말이야. 그래서? 빚을 졌나?”

"예, 문파 공금을 조금 꺼내 썼습니다."

"문파 돈을? 그건 큰 실수구만. 그래서 파문당했나?"

"꼭 그런 건 아니고…… 여자 문제가 있었습니다."

"여자 문제?"

"도박장에서 여잘 만났거든요. 돈도 잃고 기분도 별로라서 여잘 따라갔는데……."

"따라갔는데?"

나는 잠시 망설였지만 곧 입을 열었다.

"사부님의 여자였습니다."

노인들의 표정이 변했다. 이런 지저분한 놈이 있을 수 있나, 하는 표정들이었다. 노인네들이 대부분 그렇듯, 이들 역시 성적인 문제에 있어 보수적인 모양이었다. 나는 석방평이 망치를 든 부하를 부르기 전에 재빨리 덧붙였다.

"절대 일부러 그런 건 아니고요. 자고 나서야 그 사실을 알았지 뭡니까. 워낙 늦은 밤인 데다 그년이 워낙 화장을 덕지덕지 처바르고 있어서……. 그년이 그년인 줄 알았으면 절대 안 했을 겁니다."

"그래서? 들켰나?"

"침대에서 사부님과 눈이 마주쳤죠. 정당방위였습니다."

"항주까지 온 이유를 알겠…… 정당방위라니? 그게 무슨 소린가?"

내심 괜한 소릴 했다는 생각이 들었지만 이왕 입 밖으로 나온 말이다. 여기서 그만둔다고 이들이 날 비단결처럼 착한 마음의 소유자로 믿어주지도 않을 터였다.

"얌전히 칼을 맞아줄 순 없는 일 아닙니까."

"그래서? 사부를 죽였나?"

노인들의 표정이 변했다. 이런 천인공노할 놈이 있을 수 있나 하는 표정들이다. 노인네들이 대부분 그렇듯 이들 역시 위아래 문제에 집착하는 모양이었다. 나는 석방평이 망치보다 잔인한 흉기를 든 부하를 부르기 전에 얼른 덧붙였다.

"죽인 건 아니고 뼈를 두어 대 부러뜨렸죠. 반사적으로 손이 나가서 벌어진 일입니다. 딱 한 대, 한 대밖에 안 때렸습니다. 그런데 그게 재수 없이 급소에 맞는 바람에……."

"대단하군."

침묵을 지키던 노인 한 명이 중얼거렸다. 다른 노인이 말했다.

"더는 없나? 철혈문에 불을 지르거나 사형들을 독살했거나 뭐 그런 건 없어?"

"거기에도 오해가 있었는데 말입니다. 그날 약간 취해 있어서……."

"그만, 그만하지."

노인은 정나미가 떨어진다는 말투로 말했다.

"철혈문 오백 년 역사에 자네가 똥칠을 했구만."

나는 어깨를 으쓱거렸다. 사람을 죽이고 남의 돈을 빼앗는 것이 무림인이다. 농사를 짓지도, 장사를 하지도, 하다못해 구걸도 하지 못한다. 그저 무공을 연마하고 심심풀이로 도박을 하는 게 전부다. 무림인이 하는 일이라는 게 결국은 똥칠인 거다. 고급 주루 7층에 들어앉아 비싼 안주를 먹는다고 해서 그 사실이 달라지지 않는다. 철혈문에도, 이들 흑사방에도 지켜야 할 영광 따윈 없다. 그렇다고 내가 잘했다는 건 아니지만.

노인들의 표정은 그다지 밝지 않았다. 날 천하의 패륜아에 막장 인생으로 보는 게 분명했다. 나는 슬쩍 문 쪽을 곁눈질했다. 망치를 든 놈이 깨금발을 한 채 문을 열고 있을지 모른다는 위기감 때문이 다. 노인들은 서로를 쳐다보며 ‘아무리 나쁜 놈이 필요한 일이라고 해도 저건 좀……’, ‘저놈 먼저 죽여야 하는 게 아닌지 의심스러울 정도……’, ‘강호 도의를 위해 우리가……’ 하고 수군거렸다.

그때 침묵을 지키던 석방평이 입을 열었다.

“자네 마음에 드는군.”

석방평의 한마디에 장내의 분위기는 단번에 내가 적임자라는 쪽 으로 기울었다. 노인들은 활기찬 어조로 ‘하긴 배짱이 있어야 남자 지’, ‘주먹에 눈이 달렸간? 휘두르다 보면 맞을 수도 있지. 주먹은 미워하되 사람은 미워하지 말자’, ‘영웅호색이란 말도 있잖아? 칼 끝을 걷는 우리 무림인에게 2세를 낳는 문제만큼 중요한 게 어디 있겠어?’ 하고 말했다.

그런 열광적인 분위기 속에서 석방평은 게슴츠레한 눈으로 날 쳐다보며 말을 이었다.

"자네가 도와줬으면 하는 일이 있네. 보수는 후하게 지불하지."

나는 매력적인 미소를 지었다. 그렇지 않아도 슬슬 돈이 떨어지던 차였다. 그래서 일거리를 알아보던 중이었는데, 오대현인이 직접 나설 줄은 몰랐다. 이들이 맡기는 일이라면 빌린 돈 받아내는 종류의 소소한 일은 아닐 터였다. 석방평은 바로 본론으로 들어갔다.

"지다성 구룡이라고 아나?"

"두어 번 본 일은 있습니다. 돈 딴 사람을 때리고 있더군요."

"그자가 항주의 물을 흐리고 있네. 그냥 두면 안 되겠어."

석방평은 더 말하지 않고 의자에 머리를 기댄 채 눈을 감았다. 원래 우두머리는 과묵한 법이다. 남은 설명은 아랫것들이 해도 되는데 목 아프게 떠들 이유가 없다. 오른편에 앉아 있던 노인이 말했다.

"항주가 어떤 곳인가? 자네도 알다시피 중원을 통틀어 가장 품위 있고 아름다운 도시야. 세상의 소인묵객, 기인이하, 고승 대덕들이 살아생전 항주의 땅을 한 번만 밟아보고 싶다고 노래를 부르는 곳이란 말일세. 구룡 같은 악당에 살인자가 들락거려도 될 만큼 만만한 곳이 아니란 뜻이지."

다른 노인이 말을 받았다.

"미꾸라지 같은 놈이야. 물을 흐리고 있다고."

"우린 구룡이 항주의 품위에 어울리지 않는 자란 결론을 내렸네."

이들이 내 품위는 어떻게 생각하고 있을지 모르겠다. 나는 소인

묵객은 못 되더라도 기인이하처럼 보이기 위해 근엄한 표정을 지었다. 하지만 별로 효과는 없었다. 사부 이야기를 꺼내는 것이 아니었다. 나는 부질없는 노력을 포기하고 문제점을 지적했다.

"구릉을 함부로 건드렸다간 녹림채가 나설 텐데요."

"비열한 산적 놈들!"

석방평이 눈을 감은 채 벌컥 화를 냈다. 오른편의 노인이 급히 말을 보탰다.

"그놈들이 두려운 건 아니야. 하지만 분쟁이 생기면 귀찮으니까…… 일단 녹림채에 연락을 했지. 구릉을 손봐주고 싶으니 허락해달라고."

잠시 침묵이 흘렀다. 노인들은 치욕스러운 표정으로 입을 다물고 있었다. 나는 한참을 기다리다 반문했다.

"그래서요?"

노인은 씁쓸한 표정으로 대답했다.

"일언지하에 거절당했지."

*

녹림 총채주에겐 딸이 하나 있다고 했다. 나이 쉰에 낳은 무남독녀다. 평생 금이야 옥이야 정성껏 기르다 이제 시집을 보낸다고 했다.

"그것도 지방 현령에게 보냈지. 이게 말이 되나? 산적 두목이 관리와 사돈지간이라니? 지들끼리 다 해먹겠단 수작이잖아. 나라의 기강이 이렇게 해이해져도 되는 건가?”

노인은 공분을 토해냈다. 도박장 주인이 나라의 기강을 따지는 꼴을 보고 있자니, 나라의 미래가 더욱 걱정됐다. 노인은 한참을 투덜거린 끝에야 결론으로 넘어갔다.

“딸의 혼사가 있는 중요한 때라 피를 볼 수 없다는군.”

“그럼 혼사가 끝난 다음에……?”

“아니. 구룡을 따끔하게 혼낼 테니 한 번만 양보해달라는 거야.”

무림에선 체면을 지키는 것이 무엇보다도 중요하다. 내 체면뿐 아니라 상대의 체면도 지켜야 한다. 구룡을 처리하기 전에 녹림채에 미리 연락한 것도 체면을 지켜주기 위함이고, 녹림 총채주가 딸의 혼사 문제까지 들먹이며 한 번 양보해달라고 말한 것도 흑사방의 체면을 위해서다. 양쪽 다 적당히 체면을 지켰으니 이쯤에서 끝내는 게 일반적이다. 또다시 구룡이 사고를 쳤을 땐 사전 경고 없이 처리해도 되는 것이다.

어느 정도 예정된 수순으로 진행된 일임에도 노인들의 표정은 별로 좋지 못했다. 나는 노인들을 쭉 살피며 물었다.

“그럼 대충 끝난 것 아닙니까? 왜들 그러십니까?”

“구룡이 어제 대운방大運房을 거덜 냈어.”

대운방은 항주에서도 가장 큰 도박장이다. 나는 눈이 휘둥그레졌다.

"골패 노름이었지. 어디서 가져왔는지 구릉 그놈이 은자로 천 냥을 가져왔어. 거짓말이 아니라 진짜로, 돈을 수레에 실어 왔으니까. 항주를 떠나기 전에 크게 한판 땡기고 싶다는 거야. 그놈이 우리 도박장 돈을 축낸 게 얼만가. 본전 회수할 기회로 여기고 당연히 수락했지. 자네도 봤다니 알겠지만 구릉 그놈이 노름에 능숙한 놈이 아니잖아. 그래서 우리 애들 중에 제일 잘하는 놈들로 붙였지."

"그런데 졌군요."

"주거니 받거니 하다가 마지막 한 판으로 은자 삼천 냥을 잃었네. 밤이 늦었으니 한 판만 더 하고 가겠다고 해서…… 남은 돈 다 걸고 한 판 벌였다가 대형 사고가 난 거지."

한 판에 삼천 냥이라니……. 도박판에서 뼈가 굵은 나조차도 본 일이 없는 일이다. 나는 입맛을 다시며 중얼거렸다.

"건국 이래 최고의 승부였겠군요."

"최고의 승부는 무슨! 당연히 사기당한 거지. 구릉 그 호구가 무슨 재주로 우리 애들을 재껴?"

"증거가 있는 겁니까?"

노인은 헛기침을 했다. 얼굴이 붉어지는 것으로 보아 증거는 없는 듯했다. 그렇다면 구릉을 건드릴 수 없다. 사기를 쳤다는 증거 없이 구릉을 건드리면 녹림채와의 전면전을 각오해야 한다. 그는 이를 갈며 말했다.

"곧 찾아낼 거야. 놈에게 내부 정보를 판 놈이 있어. 그놈만 찾으면 돼."

하지만 그때까지 구륭이 기다려줄 리 없다. 무슨 꼴을 당하려고 항주에 남아 있겠나? 그 돈이면 어딜 가도 지상낙원이다. 천하의 소인묵객, 기인이하, 고승 대덕 들도 항주보단 은자 삼천 냥을 택할 거다. 나는 신중하게 물었다.

"배신자를 찾아달란 겁니까?"

"자네에게? 아니지. 자네 전문은 머리 쓰는 게 아니라 힘 쓰는 거 아닌가."

난 은근히 마음이 상했다.

"저 머리 좋습니다."

"철혈문을 서까래 한 장 안 남기고 말아먹은 게 자네 머리 아니었나?"

그때 석방평이 번쩍 눈을 떴다. 사람들의 시선이 모두 그리로 쏠렸다. 그는 날 쳐다보며 거물 특유의 냉정한 어조로 말했다.

"구륭을 죽이고 돈을 회수해주게."

난 입을 딱 벌렸다. '흑사방도 못 건드리는 놈을 제가 어떻게 죽입니까?', '녹림채의 추적은 어떡하라고요?', '설마 농담이시겠죠?' 등등의 질문이 목구멍까지 나왔지만 결국 한마디도 내뱉지 못했다. 무슨 질문을 하든 등 뒤에서 망치가 날아올 것임을 알았기 때문이다. 내가 할 수 있는 대답은 하나밖에 없었다.

"알겠습니다."

그것으로 회의는 끝났다.

*

나는 노인 중 한 명과 함께 주루 뒷문으로 나왔다. 그는 계단을 내려오며 '이왕 버린 몸이잖나. 한 번만 노력해주게. 이번 일만 해결해주면 평생 먹고살 돈을 만들어주지' 등의 감언이설을 늘어놓았다. 내 반응이 시원치 않자 '혹시 구룡과 싸워 질까 봐 걱정되나? 철혈문 이거 실망인데' 같은 말로 날 부추기려 들었다.

난 아무 말도 하지 않았다. 생각할 것이 많아 머리가 복잡했다. 뒷문 앞엔 주방에서 버린 음식물 쓰레기들이 잔뜩 쌓여 있었다. 거지 몇 명이 쓰레기를 헤집고 있다가 우리가 나오는 걸 보고 급히 달아났다. 노인은 못마땅한 듯 수염을 잡아당겼다.

"저놈들 아직 성신 못 차렸네. 얼씬도 하지 말라고 따끔하게 말을 했는데."

그는 나무통 가득 쓰레기를 가지고 나오는 주방 직원에게 소리쳤다.

"거기다 비상을 좀 타서 버려. 한두 놈 죽으면 다신 안 오겠지."

쓰레기 더미에선 썩은 물이 흘러나와 작게 웅덩이를 만들고 있었다. 지독한 악취. 내가 죽어서 썩어도 저런 물이 나올 거다. 노인은 가죽 신발에 물이 묻지 않도록 조심조심 걸음을 옮겼다.

어느새 날은 어둑어둑해져 있었다. 노인은 어두운 골목을 앞장서 걸어갔다. 그는 나를 돌아보며 계획을 설명했다.

"놈을 죽이고 돈을 가져오게. 가급적 사람 많은 데서 죽여야 해. 그래야 녹림채 놈들이 우리에게 뭐라고 말을 못 할 테니까. 배를 준비해두지. 배를 타고 어디 작은 섬 같은 데 들어가서 이삼 년 있으면 녹림채 놈들도 다 잊어버릴 거야."

어림 반 푼어치도 없는 소리. 녹림도는 절대 원한을 잊지 않는다. 지옥 끝까지라도 날 추적해서 죽여 없애려 들 것이다. 녹림의 정보력이라면 섬이 아니라 서역으로 나간다 해도 소용없다. 잡히는 건 시간문제일 뿐이다. 하지만 녹림도보다 더 큰 걱정거리는 이놈들, 흑사방이다. 과연 날 놔주려 할까? 그보단 날 죽여 입을 봉하려 할 가능성이 높다. 그래야 구룡을 죽이는 데 개입한 증거가 사라지는 거니까. 거기다 돈도 아낄 수 있고.

골목 어귀에 귀면검객이 기다리고 있었다.

"이 친구가 자넬 도울 걸세. 구룡이 있는 곳까지 안내하고 다시 우리에게 데려와줄 거야. 필요한 장비가 있으면 이 친구에게 말해. 칼이든 도끼든 뭐든 원하는 대로 가져다줄 테니."

도움은 얼어 죽을. 그저 감시꾼 아닌가. 나는 마음속으로 욕설을 내뱉었다. 내가 구룡과 싸우지 않고 도망칠까 봐 걱정스러워 사람을 붙이는 거지. 노인은 본인도 믿지 않는 공치사를 한참이나 늘어놓고 내 어깨를 토닥이다가 집에서 아내가 기다린다며 사라져버렸다. 귀면검객은 날 보고 귀신처럼 웃었다.

"거보슈, 안 죽고 나왔잖수."

"차라리 죽는 게 나았어."

귀면검객은 내게 원하는 걸 물었다. 난 잠시 고민하다가 새 칼을 요구했다.

"육도肉刀가 하나 있었으면 좋겠는데."

"고기 자를 때 쓰는 그 네모난 칼? 철혈문은 권법으로 유명한 문파가 아닌가?"

"맨손으로 어떻게 갈고리를 당해?"

내 퉁명스러운 대꾸에 귀면검객은 당황한 듯 보였다. 내가 무림에 나와 깨달은 게 있다면 권법이 아무리 뛰어나도 제대로 된 칼잡이에겐 상대가 안 된다는 거였다. 철혈문이 시골 구석에 웅크린 채 고관대작 자녀들에게 주먹 쓰는 법이나 가르치는 걸로 만족하는 데는 다 이유가 있었다. 오래전 철혈문이 무림에 이름을 떨칠 때는 권법 말고도 번개처럼 다리를 움직이는 기술이 있어 무기를 든 자와도 맞서 싸울 수 있었다지만, 지금은 아무도 기억하는 자가 없었다.

귀면검객은 피식 웃으며 말했다.

"농담도……. 철혈문 무공이라면 칼인들 무섭겠어?"

그의 말처럼 사람들은 여전히 철혈문을 두려워했다. 이백 년 전 철혈문의 주인은 맨손으로 소림사 방장의 선장을 부러뜨리고 발길질 한 번으로 무당파 장문인의 검을 부러뜨렸다고 했다. 내가 여태까지 목숨 부지하고 있는 것도 그 덕분이다. 철혈문의 제자라고 하면 어떤 놈도 함부로 덤비지 못했으니까. 세상에 나와서 깨달은 게 있다면 허세도 실력이라는 점이었다. 철혈문이라는 배경에 살벌한 눈빛, 거만한 태도만으로도 사람들의 기를 꺾을 수 있었다. 하지만 구룡을 죽이려면 진짜 실력이 필요했다. 실력이 없다면 숨겨둔 한 수라도 있어야 한다. 그렇지 않으면 내가 죽는다.

"그리고……. 두꺼운 철판 한 장. 두께는 반 치 정도면 되겠군."

"그거면 되겠어?"

"마지막으로 한 가지 더. 송곳처럼 가늘고 뾰족한 검이 한 자루 더 필요해. 그리고 말이야, 잠깐 술이나 한잔 어때?"

*

구룡은 아직 객잔에 있었다. 확실히 간덩이가 부은 녀석이다. 나라면 돈을 따자마자 튀었을 텐데. 그는 느긋하게도 짐꾼을 고용해 항주에서 늘린 살림을 모두 마차에 싣고 있는 중이었다. 객잔 주인은 계산대에 앉아 우울한 얼굴로 객잔 식탁과 의자, 거울에 각종 그릇이 마차로 옮겨지는 걸 지켜보고 있었다. 그는 날보고 넋두리를 늘어놓기 시작했는데, 구룡이 도박장에서 삼천 냥이나 따놓고는 객잔 물건까지 손댔다고 했다.

"거지 똥구멍의 콩나물까지 빼 먹을 놈이라니까. 전부 지가 가져온 거라고 우기잖아. 숟가락 한두 개 훔쳐 가는 건 나도 이해해. 근데 방에 있던 식탁에 침대에 깔개까지 가져가는 건 무슨 경우야. 완전히 미친놈이지.”

그는 신세 한탄을 늘어놓다가 내 눈치를 보며 물었다.

“구룡 만나러 온 거야? 뭐, 돈 받을 거 있어?”

“아니. 그런 건 없고. 잠깐 할 말이 있어서.”

나는 어깨를 으쓱거리며 말했다. 구룡 손봐주러 왔다는 말은 차마 할 수가 없었다. 잠시 후 객잔이 박살 날 걸 알면 심장마비로 쓰러질지도 모를 일이다. 주인이 눈을 빛냈다.

“잠깐. 자기, 구룡이랑 친하지?”

“친하긴 뭘. 그냥 오다가다 얼굴 몇 번 본 정도지.”

“그래도 도박장에서 자주 봤잖아. 자기가 가게 물건 좀 돌려달라고 하면 안 돼? 내가 숙박비는 덜 받아도 되지만, 딴 건 몰라도 그릇은 돌려받았으면 좋겠는데. 우리 아버지가 만든 거거든.”

나는 주인의 어깨를 토닥였다.

“알았어. 내가 그릇은 책임지고 돌려줄게.”

그때 처음 보는 꼬마가 내 옆에 서며 속삭였다.

“저기 나와요. 지금 해치우래요.”

구룡이 객잔 2층에서 내려오고 있었다. 꼬마는 말을 마치자마자 얼른 객잔을 빠져나갔다. 객잔 맞은편 국숫집에 귀면검객을 비롯한 흑사방의 칼잡이 십여 명이 희번덕거리는 눈으로 날 힐끔거리며 밥을 먹고 있었다. 내가 구룡과 싸우지 않으면 날 죽이려고 모인 모양이다.

"빌어먹을……."

저절로 욕이 나왔다. 앞에는 호랑이가 버티고 뒤에는 늑대가 기다리고 있으니 그야말로 진퇴양난이다. 어쨌든 할 수 있는 일부터 하는 수밖에. 난 내키지 않는 걸음으로 구룡 앞을 가로막았다. 구룡은 순간적으로 흠칫했지만 내 얼굴을 확인하고 미소 지었다.

"이게 누구야. 철혈문의 파문 제자 아닌가."

"어제 좀 땄다며?"

"소문 들었어? 하긴 이 촌 동네에서 그런 큰 판이 언제 있었겠어? 항주 놈들, 백 년 후에도 내 얘기할걸. 옛날에 지다성이라는 분이 항주 도박사에 새 역사를 썼다고."

별로 그럴 것 같진 않다.

"그래서, 이제 여기 뜨려고?"

"잠깐 산채에 갈 일이 있어서. 곧 우리 총채주 따님이 혼례를 치르거든. 가서 축의금 거하게 내고 인간 구룡의 통을 보여줘야지."

나는 힐끔 뒤를 돌아보았다. 귀면검객이 날 보고 미미하게 고개를 끄떡였다. 시간 끌지 말고 지금 처리하라는 뜻이다. 어쩔 수 없군. 나는 침을 꿀꺽 삼키고 다시 구룡을 쳐다보며 말했다.

"갈 때 가더라도 나한테 복 좀 나눠주고 가지?"

구룡이 날 노려보았다. 하지만 나와 싸워봐야 좋을 것 없다고 판

단했는지 어깨를 으쓱거리며 말했다.

"뭐, 그러지."

그는 내 손에 은자 몇 푼을 쥐어주었다. 나는 미소를 지은 채 은자를 바닥에 내던졌다.

"내가 거지냐? 제대로 줘보지?"

구룡의 얼굴이 딱딱해졌다. 우리가 눈싸움을 시작하자 객잔 손님들은 급한 약속이 생긴 것처럼 음식도 먹다 말고 자리를 떴다. 객잔 주인만이 계산대 뒤에서 사색이 된 채 우리를 쳐다보고 있었다. 무림인끼리 싸우면, 그것도 우리 정도의 고수가 싸우면 객잔이 어떻게 될지 그도 알고 있을 것이다. 하지만 싸움을 말리려 했다간 자신이 먼저 죽는다는 것도 역시 알고 있었다.

구룡은 날 노려보다가 주머니에서 은자를 더 꺼냈다.

"이 정도면 됐나?"

"부족해."

"이 정도는?"

"아직."

나는 계속 고개를 흔들었고 바닥에 은자가 쌓였다. 구룡의 인내심도 바닥을 드러냈다. 눈이 벌게지고 입에서 으으……, 하는 신음이 흘러나왔다. 귀면검객만 없다면 이쯤에서 합의를 보고 싶어질 정도였다. 구룡은 마지막으로 은자를 한 줌 더 꺼내며 말했다.

"이번이 마지막이야. 이 정도면 되겠지?"

유감스럽지만 동의할 수 없었다. 나는 고개를 흔들었다.

"아니."

"그럼 이거나 처먹어!"

구룡이 팔을 휘둘렀다. 소매 아래서 갈고리가 튀어나왔다. 날카롭게 벼려진 칼끝이 내 머리를 노리고 날아왔다. 예상하고 있었지만 너무 빨랐다. 나는 간신히 뒤로 피하며 발길질을 날렸다. 구룡이 다른 손으로 발을 막았다. 소매가 찢어지고 그 아래 감춰져 있던 두 번째 갈고리가 드러났다. 그는 두 개의 갈고리를 십자로 만들며 소리쳤다.

"이것도 먹고!"

구룡은 양손의 갈고리를 풍차처럼 휘둘러 내 머리를 노렸다. 일단 머리통을 박살 낸 다음에 대화를 계속하고 싶은 모양이었다. 나는 육도를 꺼내 갈고리를 막았다. 무지막지한 격검이 이어졌다. 갈고리와 육도가 부딪쳤다 떨어지며 식탁과 의자 들을 박살 냈다. 사방으로 나무 조각들이 날아갔다.

구룡은 두 개의 갈고리를 손가락처럼 능숙하게 다뤘다. 베고, 긋고, 휘두르고, 찌르고, 십자로 막고, 밑에서 위로 그어 올렸다. 녹림에서도 알아주는 고수다웠다. 처음에는 어떻게든 맞서 싸울 수 있었지만 나중엔 고작 막는 것이 다였다. 내키진 않지만 무기를 다루는 능력은 녀석이 나보다 한 수 위라는 걸 인정할 수밖에 없었다. 하지만 무림에서의 승부는 실력만으로 결정되진 않는다. 나는 뒤로 한 걸음 물러섰다가 회심의 일격을 날렸다. 육도가 허공을 갈라 녀석의 머리를 노렸다. 단번에 상대의 머리를 쪼갤 만큼 강력한 공격이다.

구륭은 갈고리 하나로 내 육도를 비켜내고 다른 갈고리를 내 아랫배에 찔러 넣었다. 날카로운 갈고리 끝이 복부를 파고들었다. 구륭은 잔인한 미소를 지었지만 곧 표정이 달라졌다. 갈고리 끝의 느낌이 평소와 달랐기 때문이리라. 나는 구륭의 손목을 꽉 잡고 녀석의 몸에 가까이 달라붙었다. 그리고 구륭의 귓가에 속삭였다.

"너무 가까이 왔어."

구륭은 급히 다른 손으로 내 얼굴을 그어버리려 했지만 너무 늦었다. 나는 어깨로 녀석의 가슴을 밀어냈다. 구륭은 낮은 신음과 함께 뒤로 비틀거리며 물러섰고 갈고리는 허공을 갈랐다. 나는 다시 구륭의 팔을 잡아당기며 왼 손바닥으로 녀석의 팔꿈치를 후려쳤다.

"으악!"

구륭의 팔이 기이한 방향으로 뒤틀렸다. 나는 팔을 놓으며 구륭의 옆구리에 무릎 차기를 먹였다. 구륭은 어떻게든 반격할 기회를 잡으려 했지만 소용없었다. 나는 녀석이 숨 고를 시간을 주지 않고 가까이 따라붙으며 계속해서 주먹과 발길질을 날렸다. 구륭은 바닥에 머리를 박고 쓰러졌다.

난 거친 숨을 몰아쉬며 아랫배에 대고 있던 철판을 꺼냈다. 철판은 갈고리에 맞아 우그러져 있었다. 철혈문의 고수라는 놈이 이런

수를 쓸 줄은 녀석도 몰랐을 것이다. 나는 철판을 바닥에 내던지며 작은 목소리로 중얼거렸다.

"이겼다고 생각했을 때 조심해야 되는 거야."

*

구릉은 죽어 있었다. 나는 녀석의 눈을 감겨주고 객잔 주인에게 다가갔다. 객잔 주인은 계산대 아래 쪼그려 앉아 머리를 감싸 쥔 채 부들부들 떨고 있었다. 나는 그의 어깨를 톡톡 건드렸다.

"이봐, 다 끝났어."

"응? 뭐야, 누가 이겼어?"

객잔 주인은 눈을 깜빡이며 말했다. 이 자식, 아직 정신이 안 돌아왔군. 나는 상냥하게 말했다.

"내가 이겼지. 시간 줄 테니까 마차에서 꺼내 가고 싶은 거 있으면 꺼내 가."

객잔 주인은 계산대 밖으로 얼굴을 내밀어 구릉의 시체를 확인했다. 산전수전 다 겪은 객잔 주인답게 순식간에 정상으로 돌아온 그는 점원들을 불러내 마차에서 객잔 기물들을 끄집어냈다. 나는 은자 몇 개를 주인의 주머니에 넣어주었다.

"가게 수리비에 보태 써."

과하게 넣어준 게 아닌가 싶긴 했지만 곧 생각을 고쳐먹었다. 어차피 내 돈도 아닌데 뭘.

나는 마차를 타고 객잔을 떠났다. 구경꾼들이 꼬이기 전에 멀리 달아나야 했다. 항주가 멀리 점으로 보이는 위치까지 도망친 다음에야 나는 마차를 세웠다. 그리고 근처의 커다란 바위 위에 앉아 휴식을 취했다. 주변엔 황량한 평야와 바다까지 연결된 물길이 보였다. 나는 왠지 모를 침울함에 젖어 하늘을 바라보았다. 어느새 날은 어둑어둑했고 습기를 먹어 눅눅한 대기는 답답하게 몸을 감쌌다. 어디에도 내가 갈 곳은 보이지 않았다. 내가 할 수 있는 일은 그저 기다리는 것뿐이었다. 곧 추적자들이 도착했다. 우두머리는 예의 귀면검객이었고 흑사방의 칼잡이 여덟 명이 뒤를 따르고 있었다. 귀면검객은 말에서 뛰어내리며 이마의 땀을 닦았다.

"도망치는 줄 알았지 뭔가."

"항주에서 흑사방을 피해서 어디로 도망치나. 거기다 짐도 많은데."

"하긴 그렇지."

귀면검객은 수레로 다가와 짐을 살폈다. 은자가 가득 차 있음을 확인하고 흡족하게 웃었다. 그는 부하들에게 명령했다.

"짐부터 옮겨."

칼잡이들은 은자가 든 상자를 자신들이 타고 온 말에 옮겨 실었다. 그때 귀면검객이 번개처럼 검을 뽑아 가장 가까이 있는 무사의 등을 후려쳤다. 피가 튀었다. 귀면검객은 잔인하지만 정확한 칼솜씨로 부하들을 죽였다. 악랄한 기습에 순식간에 셋이 당했다. 남은 무사들은 분분히 무기를 꺼냈지만 너무 늦었다. 차례로 둘이 더 당했고 남은 자들은 도망칠 곳을 찾아 뒷걸음쳤다. 나는 기회를 보다 그중 한 명의 목을 잡아 비틀었다. 남은 것은 고작 둘. 그들은 도망칠 곳이 없음을 알고 무릎을 꿇고 사정했다.

"형님, 살려주세요."

"아무 말 안 할게요. 형님, 제발……."

귀면검객은 망설이지 않고 부하들의 목을 쳤다. 그는 검에 묻은 피를 닦아내며 나를 돌아보았다.

"미안. 혼자 오려고 했는데 말이야……. 석방평 그 영감이 애들을 붙이지 뭐야?"

"잘했어. 배는 언제 오기로 했지?"

"곧."

그는 바닥에 굴러다니는 은자를 주워 담으며 대꾸했다. 역시 탐욕스러운 놈이다. 그는 내가 돈 이야기를 꺼내자마자 날 돕겠다고 약속했다. 그리고 자신의 부하들마저 죽였다. 귀면검객은 은자를 마차에 싣다가 무슨 생각이 났는지 날 쳐다보며 말했다.

"약속대로 칠 대 삼이야. 알지?"

"그래. 네가 칠."

나는 순순히 대답했다. 살아서 항주를 빠져나오는 게 중요하지, 돈은 중요하지 않았다. 구륭을 죽이고 석방평에게 돌아갔다면 머리에 망치를 맞고 서호 밑바닥에 가라앉게 되었을 것이다.

나는 바닥에 떨어진 은자를 집어 귀면검객에게 다가갔다.

"자, 이것도."

귀면검객은 바짝 긴장했다. 내가 접근전으로 구룡을 죽인 것을 떠올린 모양이었다. 그는 나와 적당히 거리를 둔 채 은자를 받았다. 서로 팔을 끝까지 뻗은 거리. 내가 몸을 날리기 전에 검을 휘두를 수 있는 거리다. 나는 피식 웃었다.

"쫄지 마. 아무 일 없어."

"서로 조심하자는 거지. 난 간덩이가 작거든."

그는 문득 생각난 듯 물었다.

"그런데 송곳처럼 가늘고 뾰족한 검은 왜 구해달라고 한 거야?"

"지금 쓰려고."

소매를 뚫고 칼날이 튀어나갔다. 가늘고 날카로운 검은 귀면검객의 손목을 뚫고 들어가 혈맥을 찢어냈다. 귀면검객이 몸을 떨었다. 검 끝에 주루의 주방에서 빌린 비상을 발라두었다. 그는 비명한 번 지르지 못하고 죽었다.

나는 검을 바닥에 던지고 배가 오길 기다렸다. 얼마 지나지 않아 멀리서 돛단배가 다가오는 것이 보였다. 나는 상자에서 은자를 몇 개 꺼내 주머니에 넣었다. 더는 필요 없다. 마차에 두고 가는 돈은 우릴 쫓아온 누군가가 차지하게 될 것이다. 그리고 그 돈 때문에 전쟁이 나겠지.

바람이 불었다. 조금씩 비가 내리기 시작했다. 나는 겉옷을 객잔에 두고 왔음을 떠올렸다. 하지만 이제 와서 돌아갈 수는 없다. 나는 옷깃을 끝까지 여민 후 배가 오는 쪽을 향해 걸어갔다.

당신의
데이트 코치

열 번 찍어 넘어가지 않는 나무 없다. 내가 학창 시절을 보낸 90년 대 초반에는 끈기보다 유용한 연애 전략이 없었다. 이상형인 여자가 당신을 싫어한다면 어떡해야 할까? 따라다니면 된다. 연락을 끊고 전화번호를 바꾼다면? 그래도 따라다니면 된다. 바뀐 전화번호를 알아내서 전화하고 틈이 날 때마다 회사로 찾아가고 계속해서 선물을 보내고 여자의 부모님을 찾아가 따님을 행복하게 해주겠다고 큰소리친다. 너 없이 세상을 사느니 차라리 죽는 게 낫다고 협박편지를 보내고, 만나는 남자가 있으면 칼을 품고 찾아가 당장 헤어지지 않으면 우리 둘 중 하나는 죽을 거라고 겁을 준다. 그러다 보면 결국 여자는 모든 걸 포기하고 당신에게 넘어오게 되어 있다.

반쯤은 더는 못 견디겠다는 체념으로, 반쯤은 저 남자가 날 너무 사랑해서 그랬을 거라는 착각으로.

그 시절 돈도 꿈도 직장도 없는 얼간이들은 더스틴 호프만의 〈졸업〉을 테이프가 너덜너덜해지도록 돌려 보았다. 미국에서야 아메리칸 뉴웨이브로 호평을 받았을지 모르지만 한국에서는 쪼다들에게 쓸데없는 희망을 주는 작품이었다. 풍채도 변변치 않고, 그럴듯한 직장도 없고, 밤일을 잘할 것 같지도 않은 더스틴 호프만이 어떤 식으로 여자를 사로잡았을까? 끝없는 스토킹이다. 신분을 속여 가며 여자 주위를 맴돌다가 결국은 남의 결혼식장에까지 들이닥쳐 신부의 아버지를 때려눕히고 신부를 탈취, 미녀를 손에 넣었다.

이십 년이 지난 지금, 세상은 달라졌다. KTX를 타면 서울에서 부산까지 세 시간밖에 안 걸리고, TV 채널은 종편과 케이블방송에 IPTV 채널까지 합치면 수백 개에 육박하며 스마트폰으로 언제든 인터넷을 즐길 수 있고 중·고등학생 두발은 자유화되었다.

하지만 달라지지 않은 것도 있다. 연애도 그중 하나다. 여전히 열 번 찍어 안 넘어가는 나무 없다는 연애론을 믿는 남자들이 있고, 거절에 서툴고 마음이 여린 여자가 있다. 과거에 이런 남자를 끈기 있는 남자, 진짜 사나이 등으로 불렀다면, 지금은 스토커라 부르며 법적인 제재를 가한다는 점이 달라졌을 뿐이다.

스토커는 눈치가 없고 자기애로 가득 찬 인간이라 거절을 이해하지 못한다. 아니, 타인을 이해할 생각 자체가 없다. 바빠서 곤란하다고 말하면 나중에 만나자는 뜻으로 알아듣고 좋은 친구로 지

내고 싶다고 하면 이 여자가 날 너무 사랑한 나머지 겁을 먹은 모양이라 믿는다.

스토커의 표적이 되지 않으려면 독해져야 한다. '너만 없으면 돼! 너 같은 놈은 꼴도 보기 싫다고!'라고 외쳐서 네놈과 절대로 자지 않을 것이고 앞으로도 잘 생각이 없음을 알려줘야 한다. 하지만 마음 약한 아가씨들이 내뱉기 쉬운 말이 아닌 건 나도 안다.

이것이 내가 데이트 코치가 된 이유다. 옳은 일을 한다는 자부심을 느낄 수 있고 일거리도 넘쳐난다. 물론 합법적인 직업은 아니다. 은행 대출은커녕 4대 보험 가입도 안 되는 비정규직에 대다수의 사람들은 내 존재조차 알지 못한다. 오직 의뢰인과 의뢰인을 괴롭히던 스토커만이 내가 누군지 안다. 존중받아 마땅한 일을 하고 있음에도 백수 취급을 받는다는 사실 때문에 답답할 때도 있지만, 괜찮다. 정의를 지키는 길은 언제나 외로운 법이니까.

내가 하는 일이 정확히 뭐냐고? 넓게 보면 올바른 데이트 문화를 정착시키는 일이고, 좁게 보면 스토킹 당한 아가씨들을 다독이고 정신 나간 스토커를 음…… 그러니까, 설득하는 일이다.

스토커는 정서가 불안하고 남의 말을 귀담아듣지 않으며 상대방과 싸워 이길 자신이 있을 때는 매우 폭력적이 된다. 그렇기 때문에 녀석들을 설득하려면 특별한 기술이 필요하다.

이번 의뢰인은 '초콜릿케이크'라는 아이디를 쓰는 아가씨로 석 달 가까이 같은 오피스텔에 사는 남자에게 괴롭힘을 당하고 있었다. 그녀는 자신이 운영하는 블로그에 스토커가 어떤 미친 짓을 하고 있는지 매일매일 적었다. 저러다 여자가 갑자기 죽으면 따로 조사할 필요도 없이 같은 오피스텔에 사는 스토커를 긴급 체포해도 될 만큼 자세했다.

나는 그녀가 블로그에 쓴 글을 반복해서 읽으며 내가 할 수 있는 일과 할 수 없는 일을 고민했고 최종적으로 그녀를 돕기로 결정했다. 나는 블로그에 비밀 댓글을 남겼다.

돕고 싶다고.

*

약속 장소는 강남 한복판의 대형 프랜차이즈 카페다. 걸레 빤 물 같은 커피를 팔지만 희한하게 장사는 잘된다. 나는 삼십 분 일찍 약속 장소로 나가 수상한 자가 없는지 살폈다. 구제 불능의 스토커 몇 놈을 앉은뱅이로 만든 일로 경찰의 수배를 받고 있었기 때문이다. 다행인 건 용의자 전단지의 몽타주가 나와 안 닮았다는 점이다.

내가 손을 봐준 놈들은 갱생의 여지가 없는 중증 스토커들이었다. 벽에 똥칠할 때까지 불쌍한 아가씨들을 괴롭히고 다닐 게 분명해 병신으로 만들 수밖에 없었다. 놈들은 퇴원 후에 전화 스토킹으로 돌아섰다.

나는 입구가 보이는 카페 깊숙한 자리에 벽을 등지고 앉아 여자를 기다렸다. 드나드는 사람을 감시하기도 쉽고, 낌새가 이상하다 싶으면 화장실과 이어진 건물 복도로 도망칠 수 있는 명당자리다.

약속 시간에 맞춰 그녀가 나타났다. 155 정도의 키에 긴 생머리, 예쁘장한 얼굴에 화장기는 없고, 루이비통 스피디 가방에 분홍색 메리제인 구두를 신고 있었다.

스토커가 좋아할 타입이군. 스토커에게는 여자를 고르는 기준이 있다. 긴 생머리에 조그맣고 마르고 하얀 이십 대 초반의 아가씨. 착하고 청순한 이미지면서 불가피한 상황이 닥쳤을 때 쉽게 제압할 수 있는 여자다. 스토커의 사랑은 자기애로 타인과의 소통은 힘과 서열의 문제다. 그들은 자신보다 약한 여자가 아니면 사랑하지 않는다.

나는 그녀를 향해 가볍게 신문을 흔들었다. 그녀는 주춤주춤 내 앞에 다가서며 물었다.

"혹시 불칼 님……?"

Bulkal, 불칼은 충남 방언으로 벼락을 말한다. 악인들에게 정의의 벼락을 내리겠다는 뜻으로 만든 아이디이다. 작년에 죽은 스토커의 주민등록번호를 도용해 만든 것으로, 내 핸드폰과 예금통장 역시 죽은 자의 이름을 빌렸다. 의뢰는 이메일로만 받고, 거래가 끝나면 아이디와 핸드폰, 통장까지 전부 폐기한다. 데이트 코치, 나름 전문직이라 치밀하지 않으면 못 한다.

나는 부드럽게 웃으며 맞은편 의자를 가리켰다.

"이리 앉으세요. 초콜릿케이크 님 맞으시죠?"

오래전 여자친구는 내가 웃을 때 매력적이라고 말했다. 그녀와는 불쾌하게 헤어졌지만 그 후로 꾸준히 웃는 연습을 해 지금은 이병헌이나 톰 크루즈와 비교해도 손색이 없을 만큼 섹시한 미소를 지을 수 있게 되었다. 자랑을 하는 건 아니지만 대부분의 아가씨들은 내 미소를 보는 순간 사르르 녹아버린다. 그래서 의뢰인을 만날 땐 일부러 많이 웃기 위해 노력한다. 그렇잖아도 우중충한 이야기를 해야 할 텐데, 분위기까지 무거워지면 곤란하니까.

그녀 역시 마음이 놓이는지 의자 끝에 살짝 걸터앉아 조심스럽게 말을 꺼냈다.

"저기…….."

"일단 차부터 한잔 드시죠. 뭐 드시겠어요?"

"초콜릿 라테요."

아이디는 초콜릿케이크, 음료는 초콜릿 라테. 초콜릿에 환장했군. 커피 본연의 향과 맛을 즐기지 않고 초콜릿을 섞어 먹는 여자를 보면 기분이 나쁘다. 달아서 미칠 정도로 크림에 시럽에 초콜릿을 뿌려 먹는 여자가 과연 커피 맛을 알까? 시내에 있는 커피 전문점마다 여자들로 바글거리지만 그중 커피를 즐길 줄 아는 사람은 극소수에 불과하다.

'된장녀야, 된장녀.'

나는 다시 한 번 그녀의 옷차림을 살폈다. 흔하디흔한 명품 핸드백에 구두는 소녀 취향의 싸구려 메리제인. 싸구려 취향이다. 이런 여자들이 진짜 뉴욕엔 가보지도 못했으면서 뉴요커 흉내 내며 브런치와 아메리카노를 먹는다. 그러니까 이렇게 맛없는 커피가 팔리는 거지. 나는 여자가 불쌍해졌지만 꾹 참았다. 의뢰에 개인적 감정을 섞으면 안 된다는 생각에서다. 나는 그녀를 위해 카운터로 가 초콜릿 라테를 주문했고 그녀가 한 모금 마실 때까지 기다렸다가 말을 꺼냈다.

"정확히 무슨 일이 있었는지 말씀해보세요. 직접 이야기를 듣고 싶네요."

"저기…… 댓글 보고 혹시나 하고 나와보긴 했는데요. 정말 이런 이야기를 나눠도 될지……."

"저를 믿으십시오. 제가 이런 일을 한두 번 처리해본 게 아니에요. 간단하게 상황 설명만 해주시면 나머지 일은 제가 알아서 처리합니다. 돈은 일이 끝난 다음에 주시면 됩니다."

그녀는 망설였다. 나는 미소를 지으며 말을 이었다.

"밑져야 본전 아닙니까. 일이 잘 풀리면 골칫거리를 떼어낼 수 있고, 일이 잘 안 풀리더라도 더 나빠질 게 없는데요. 편하게 말씀 주세요."

그녀는 머그잔을 두 손으로 꼭 쥐며 천천히 입을 열었다.

"석 달 정도 됐을 거예요. 그날따라 늦잠을 자서 평소보다 십오 분 정도 늦게 집에서 나왔어요. 지각하지 않으려고 미친 듯이 뛰는

데, 차 한 대가 제 앞에 멈추잖아요. 이게 뭔가 싶어 쳐다보는데, 창문이 내려가더니 가끔 엘리베이터에서 마주치는 남자가 회사까지 태워주겠다고 하지 뭐예요. 처음에는 싫다고 하고 그냥 계속 갔어요. 그랬더니 따라오면서 지하철 있는 데까지만 태워다 준다는 거예요. 근처 사는데 성의를 무시하기도 그래서 차에 탔죠.”

지하철역까지 걷기 싫어서 스토커의 품속에 들어가다니, 역시 한심한 아가씨다. 여자는 한숨을 내쉬더니 말을 이었다.

“그 후로도 계속 차를 얻어 탔어요. 제가 출근하는 시간에 맞춰 항상 차가 나와 있는 거예요. 처음에는 우연인 줄 알았죠. 며칠간 지하철역까지 태워주다가 어느 날 갑자기 카풀을 하자고 제의하는 거예요. 혼자 회사까지 나가기 적적하다나요? 처음엔 망설였어요. 제가 남자친구가 있었거든요. 사내 커플이라 남들에게 말한 적은 없지만……. 그 친구가 다른 남자 차를 타고 다니는 걸 좋아할 것 같지 않았어요. 하지만요, 아침마다 콩나물시루 같은 지하철 타고 회사 가는 것도 힘든 건 사실이고……. 또 그 아저씨도 저 남자친구 있는 거 알고 있으니까. 괜히 집적거릴 사람 같진 않았어요.”

“대부분의 스토커가 인상은 좋습니다. 성격이 문제죠.”

여자는 맞는다는 듯 고개를 끄떡였다.

“정말 그랬어요. 그런데 회사까지 이틀 태워주더니 이상한 소리를 하는 거예요. 남자친구가 밤일은 잘하느냐는 둥, 외롭지 않느냐는 둥. 그러더니 갑자기 가까운 모텔에서 쉬었다가 가자고 하지 뭐예요. 깜짝 놀랐죠. 카풀도 끊고 다시 지하철을 탔어요. 그랬더니 매일 전화하고 밤마다 집에 찾아와서 벨을 눌러요. 시간도 정해져 있어요. 새벽 두시에서 세시 사이. 그 시간에 잠도 안 자고 완전 미친놈 아니에요? 문을 안 열어주면 문을 두들기고 소리를 질러요. 경비 아저씨를 불러도 그때뿐이에요. 잠깐 사라졌다가 다음 날이면 다시 전화하고 집에 찾아오고. 나중에는 경비 아저씨까지 사랑싸움 그만하고 잘해보라는 소리나 하고. 어떻게 해야 할지 모르겠어요. 출근할 때 퇴근할 때 그 인간이랑 마주칠까 봐 겁나고, 벨이 울릴 때마다 가슴이 덜컥 내려앉아요. 이사를 가고 싶어도 워낙 힘들게 구한 집이라서요. 요즘 서울에서 전세 구하는 게 얼마나 힘든지 아시죠? 거기다가 제가 왜 도망쳐야 하나 싶기도 하고……."

"잠깐만요."

나는 손을 들어 그녀를 제지했다.

"그 남자가 무슨 차를 몰죠?"

"뭐더라, 조그만 찬데. 아, 마티즈요."

"차가 후져서 맘에 안 드셨군요."

내 예리한 질문에 여자는 눈을 치켜떴다.

"지금 무슨 소릴 하시는 거예요?"

"괜찮아요. 솔직히 말해도 됩니다. 초콜릿케이크 님이 어떤 사람인지가 중요한 게 아니잖아요. 스토커를 처리하는 게 중요하죠."

"차가 뭐가 중요해요? 남자친구가 있었다니까요!"

"하지만 BMW나 벤츠였으면 그냥 만나셨을 테죠?"

초콜릿케이크가 의자를 박차고 벌떡 일어섰다. 난 꿈쩍도 하지 않았다. 속셈을 들킨 것이 부끄러워 화난 척하는 거란 사실을 알기 때문이다. 나는 점잖게 말했다.

"걱정 마세요. 말씀드렸다시피 초콜릿케이크 님의 사생활에는 관심 없으니까요. 제 임무는 스토커를 처리하는 겁니다. 그래서 어떻게 됐죠?"

여자의 표정이 몇 번이나 변했다. 그녀는 한동안 날 노려보다가 마음을 정했는지 도로 의자에 앉았다.

"저희 집에만 찾아오는 게 아니에요. 부모님 댁에도 찾아가고 남자친구한테 전화해서 저랑 동거하다가 헤어진 사이라고 거짓말까지 쳤대요. 제가 허벅지에 점이 있거든요. 그 이야기까지 꺼내니까 남자친구가 그 남자가 하는 믿어버린 거죠. 대판 싸우고…… 결국 헤어졌어요."

"허벅지에 점이 있다는 걸 그 남자가 어떻게 알았죠?"

"모르겠어요. 차에 탈 때 본 건지, 아니면 언제 훔쳐본 건지."

"일부러 보여주신 건 아닌가요?"

"그런 걸 왜 보여줘요! 아, 진짜! 이 아저씨가! 뭐하는 사람이야!"

나는 다시 미소를 지어 그녀를 진정시켰다.

"화낼 사람은 제가 아닙니다. 스토커죠. 분노를 억누르세요. 정확하게 스토커에게 분노를 내쏴야 합니다. 차를 태워준다는 말에

혹해 남의 차를 얻어 탄 것부터가 실수이긴 합니다만……."

"지금 불난 데 부채질해요?"

"비슷한 일이 재발하지 않도록 충고를 드리는 겁니다. 어떤 남자가 차까지 얻어 타는데 마음이 없다고 생각하겠어요? 초콜릿케이크 님이 먼저 빈틈을 보인 거죠. 이제 바로잡을 때입니다. 그래서 제가 온 거고요. 그 남자 이름이 뭡니까?"

"박형섭요. 어떻게 바로 잡아주실 건데요?"

"신상 파악을 한 다음에 직접 만나봐야죠."

나는 수첩에 이름을 적으며 말을 이었다.

"직업은요? 돈도 못 벌고 미래도 없는 직업이었겠죠?"

여자는 고개를 푹 숙이곤 땅이 꺼져라 한숨을 쉬었다.

"아휴, 인터넷을 믿고 이런 데까지 나온 내가 미친년이지. 주위에 왜 이런 놈들만 꼬이는지."

"양약은 입에 쓰나 몸에 좋다는 말이 있죠. 기분이 나쁘시더라도 옳은 말이라면 겸허하게 수용할 줄 아셔야 합니다."

그녀는 눈을 부릅뜬 채 날 노려보며 백 미터 달리기를 한 것처럼 숨을 몰아쉬었다. 나는 그녀의 건강이 걱정됐다. 의자에 앉아만 있었는데 호흡이 가쁘다는 건 심장에 문제가 있다는 뜻이니까. 나는 수첩을 덮고 그녀의 손을 꼭 잡았다.

"요새 스트레스가 심하셨나 보네요. 마음을 편히 가지세요. 나머지 일은 제가 다 알아서 처리할 테니까."

여자는 내 손을 쳐내고 벌떡 일어섰다. 그녀는 부들부들 떨리는 손으로 가방에서 천 원짜리 몇 장을 꺼내 테이블 위에 내려놓으며 말했다.

"찻값 여기 있으니까 다시 연락하지 마세요."

그녀는 순진한 얼굴에 어울리지 않는 말투로 욕설을 덧붙인 후 카페를 나섰다. 나는 그녀를 잡지 않았다. 스토커에게 시달리다 보면 판단력이 흐트러지고 쉽게 화를 낸다. 일일이 따지기 시작하면 내 할 일을 못 한다. 나는 그녀를 미행해 집이 어딘지 알아냈다.

초콜릿케이크는 대로변에 있는 오피스텔에 살았다. 로비를 지키는 경비에게 담뱃값을 주고 그녀가 204호에 살고 있고 704호 청년과 사이가 안 좋다는 이야기를 들었다.

"704호 청년, 아주 멀쩡한 사람이에요. 회사도 잘 다니고 인사성도 밝고. 무슨 회사에 다니는지 모르지만 밤낮 없이 일하고. 가끔 나한테 담배도 주고 간다니까. 그런 사람이 따라다니면 좋다고 해야지. 왜 그렇게 싫어하는지 모르겠어."

전형적인 스토커군. 나는 마음속으로 생각했다. 주변 사람에게 좋은 인상을 심어주는 게 악질 스토커의 특징이다. 항상 웃는 낯에 말투에는 자신감이 넘치고, 입만 열면 거짓말이기 때문에 대부분 능력 있는 사람이라고 오해한다. 그러다 친해지고 나면 지옥이 시작되는 것이다. 나는 차로 돌아가 장비를 챙긴 다음, 몇 가지 작업을 하고 밤이 될 때까지 기다렸다.

　　　　　　　　　　　　*

　시계가 새벽 한시를 가리켰다. 이제 슬슬 출발할 때다. 나는 검은 두건을 쓰고 빨간 페인트를 바른 두툼한 목장갑을 낀 다음, 초콜릿케이크의 집으로 향했다. 복도에 설치된 CCTV는 작동이 되지 않도록 미리 손을 봐두었다. 일을 처음 배우던 때에는 이런 쪽을 몰라 실수도 많이 했다. 지금은 웬만한 전기 기사보다 배선에 대해 잘 안다. 오직 용의주도한 사람만이 데이트 코치가 될 수 있다.

　문에는 디지털 도어록이 설치되어 있다. 출입이 편리한 데다 옛날 방식의 자물쇠보다 안전할 거란 생각에 많이들 쓰는 물건이다. 편리한 건 맞지만 안전하다는 건 사실이 아니다. 초콜릿케이크의 집에 설치된 도어록은 그중에서도 최악으로 재작년에 시장에서 퇴출된 제품이었다. 건전지가 나갔을 때 임시로 전원을 켤 수 있도록 도어 위쪽에 플러스, 마이너스 전극이 붙어 있는데, 거기에 과도한 전기를 흘려 넣으면 순간적으로 쇼트가 나면서 문이 열린다.

　'내일 당장 도어록을 바꾸라고 얘기해줘야겠군.'

　스토커가 팔푼이라 다행이다. 머리가 있는 놈이라면 진작 문을 따고 잠입했을 것이다. 나는 전기충격기를 개조해서 만든 만능열쇠를 전극에 대고 스위치를 눌렀다. 작은 금속성과 함께 문이 열렸다. 집 안은 캄캄하고 또한 고요했다. 손전등 겸용 볼펜을 꺼내 불빛이 멀리까지 퍼지지 않도록 손바닥으로 가린 채 거실 전체를 살폈다. 냉장고와 에어컨, 그리고 책이 거의 없는 책장이 보인다. 소파 아래 아직 물이 차 있는 세븐라이너 족열기가 놓여 있었다. 인기척은 없었다.

문을 닫고 현관에 쪼그려 앉아 어둠 속에 눈이 익을 때까지 기다렸다. 모기장이 쳐진 창문 밖으로 자동차의 헤드라이트 불빛이 보였다가 사라졌다. 약간의 시간이 지나자 서서히 거실이 눈에 들어왔다. 삼단짜리 선반 위에는 작은 브라운관 TV가 놓여 있었고, 맞은편에 곰돌이 무늬가 그려진 패브릭 소파가 있었다.

정확히 삼 분을 기다렸다가 신발을 신은 채 거실로 올라갔다. 내 신발은 암벽등반용의 기능성 신발로, 바닥까지 질긴 천으로 되어 있어 뛰어다녀도 소리가 나지 않고, 밑창이 없으니 당연히 족적도 남지 않는다. 소파 옆 살짝 열린 문틈으로 하얀 타일과 슬리퍼가 보였다. 문을 밀고 들어가니 세면대 앞 거울에 내가 비쳤다. 깊은 밤, 남의 집 화장실에서 검은 두건을 뒤집어쓰고 있는 모습을 보고 있으려니 으스스했다. 데이트 코치, 참 힘들다.

나는 거울을 보지 않으려 애쓰며 주위를 살폈다. 화장실은 지저분했다. 타일 바닥은 제대로 닦은 적이 없는지 끈적끈적했고 쓰레기통에 휴지며 생리대가 넘쳐나도록 쌓여 있었다. 그러다 변기 아래 팬티 하나가 둘둘 말려 있는 것을 발견했다. 집어서 코에 대보니 시큼한 냄새가 났다. 최소한 사흘은 입고 다닌 모양이다.

분노가 치밀었다. 이러고선 된장녀 행세를 했단 말이지. 얼굴에 화장품 찍어 바를 시간에 집 안 청소나 할 것이지. 요새 여자들은 내면의 아름다움을 가꿀 줄 모르고 겉모습에만 신경 쓴다.

나는 침실로 향했다. 초콜릿케이크는 핑크색 잠옷을 입은 채 세상모르고 잠들어 있었다. 그녀가 숨을 쉴 때마다 배를 덮고 있는 담요가 살짝살짝 들썩거렸다. 여자에게 다가가 어깨를 흔들었다.

"초콜릿케이크 님. 일어나세요."

여자가 깜빡깜빡 눈을 떴다. 처음에는 잠이 덜 깨 멍한 얼굴이었지만 내가 두건을 벗고 얼굴을 드러내자 갑자기 비명을 지르기 시작했다. 나는 목장갑을 낀 손으로 여자의 입을 틀어막고 그녀를 꼭 안았다.

"조용히 하세요. 스토커가 도망가면 어떡하려고 이러세요."

처음에는 미친 듯이 발버둥 쳤지만 내가 계속 진정하라고 귓가에 속삭이자 차츰 저항이 약해졌다. 정신이 나는 모양이다. 나는 그녀의 목덜미에서 느껴지는 땀 냄새를 맡으며 작은 목소리로 말했다.

"손을 뗄 테니까 입 다무세요. 알았죠? 초콜릿케이크 님, 흥분하면 안 됩니다. 스토커가 도망갈 수 있어요."

초콜릿케이크가 고개를 끄떡이는 걸 보고 입에서 손을 뗐다. 기다렸다는 듯 그녀가 소리를 질렀다. 반사적으로 관자놀이를 후려쳤다. 맥을 짚어 죽지 않았음을 확인하고 나는 안도의 한숨을 쉬었다. 그렇게 차근차근 설명해줬는데도 소리를 지르려 하다니 정신이 나간 걸까? 까딱 잘못했으면 지금까지의 노력이 헛수고가 될 뻔했다.

나는 가방에서 노끈과 청테이프를 꺼내 여자의 팔다리를 묶고 입을 막았다. 작업 도중에 방해받는 건 질색이다. 결박을 끝내고 테이프가 코를 막고 있지 않은지 확인했다. 오래전에 실수로 의뢰인을 질식사시킨 일이 있어 항상 조심하고 있다.

그날, 시체를 치우다 죽는 줄 알았다. 한겨울이라 땅은 얼어붙었지, 날은 밝아오지, 새벽부터 순찰차가 지나가질 않나, 그 추운 날 본드를 불겠다고 산 중턱까지 올라온 정신 나간 애새끼들까지 있어 피똥을 쌀 만큼 고생했다. 결국 몇 가지 해프닝을 겪은 후에 땅을 다시 파기 시작했는데, 그때 이미 시체는 세 구로 늘어 있었다.

그 뒤로 빈틈없이 일처리를 하기 위해 노력한다. 내 고생도 고생이지만 죽은 사람은 얼마나 억울하겠나. 좋은 의도로 시작한 일이라고 해도 결과가 좋지 않으면 의미가 없다.

나는 결박을 끝내고 여자를 침대에 똑바로 눕혔다. 손끝에 닿는 부드러운 살갗의 느낌이 좋았다. 자신이 하는 일을 즐기는 건 결코 나쁜 일이 아니다. 나는 그녀의 허벅지를 몇 번 쓰다듬다가 가방에서 카메라를 꺼내 여자의 사진을 찍기 시작했다.

정면 사진, 측면 사진, 얼굴 사진, 가슴과 다리 사진. 하나하나 공들여 찍었다. 직업의 특성 때문에 내가 한 일을 자랑하고 다닐 수는 없지만 의뢰인의 기뻐하는 모습을 사진으로라도 남기고 싶어서다. 일을 마치고 집에 돌아가면 제일 좋은 사진을 골라 벽에 붙여놓는다.

이번 아가씨가 스물두 번째였던가? 어쩌면 스물세 번째인지도 모르겠다. 나는 사진을 찍다 말고 여자를 유심히 바라보았다. 뭔가 마음에 안 드는 구석이 있는데 그게 뭔지 알 수 없었다. 잠시 후 이 유를 깨달았다. 머리카락이 너무 길고 끝이 갈라져 부스스해 보인 다. 가방에서 가위를 꺼내 그녀의 머리를 잘랐다. 사진은 무엇보다 도 중요하다. 십 년 뒤에 이 아가씨는 젊음과 아름다움을 잃고 중년 의 아줌마로 변해 있겠지만 내 방에 걸린 사진은 영원할 것이다.

가능하다면 〈로마의 휴일〉에 나온 오드리 헵번처럼 깔끔하게 잘 라주고 싶었지만 솜씨가 시원치 않아 고등학교 때 바가지 머리라 고 부르던 모양으로 만들 수밖에 없었다. 그래도 이 정도면 괜찮다. 여자도 깨어나면 기뻐할 것이다. 여자들이란 모험심이 부족해 쉽 게 헤어스타일을 바꾸지 못한다. 누군가 도와줘야 한다.

몇 장의 사진을 더 찍었다.

'흠. 아직 부족해.'

그녀의 셔츠 단추를 몇 개 풀고 가슴을 드러냈다. 바로 이거야. 나는 쾌재를 부르며 열심히 셔터를 눌러댔다. 여자란 적절히 노출 을 할 때 진정한 매력을 드러내는 법이다. 순식간에 4기가짜리 메 모리 카드를 몽땅 써버리고 말았다. 이렇게 사진을 찍어도 마음에 드는 사진은 몇 장 나오지 않는다.

"휴우……."

열정을 다해 사진을 찍었더니 몸이 땀으로 끈적끈적해졌다. 거실로 나와 에어컨을 켜고 냉장고를 뒤져 맥주를 꺼냈다. 소파에 앉아 맥주를 마시고 있으니 한결 기분이 나아졌다. 거실은 캄캄했고 시계는 한시 사십분을 가리키고 있었다.

스토커 놈이 두시에서 세시 사이에 온다고 했지? 슬슬 준비를 해야겠군. 다 먹은 맥주를 가방에 넣고—경찰이 타액 검사라도 하면 귀찮아지기 때문이다—가방에서 나이프를 꺼냈다. 황학동 노점상에서 구입한 독일제 식칼이다. 데이트 코치가 된 이후로 여러 종류의 칼을 써봤지만 독일제가 제일 낫다. 일제는 날카롭지만 얇아서 갈비뼈에 걸려 쉽게 부러지고 미제는 단단하지만 무겁고 투박하다. 그에 비해 독일제는 그립감도 좋고 날카로우며 단단하다.

현관에 비닐을 깔고 벽에는 신문지를 붙였다. 그리고 뒤처리를 할 장비를 꺼내 놨다. 마지막으로 침실에 가서 여자의 상태를 살폈다. 그녀는 언제 깨어났는지 바닥으로 내려와 핸드백을 향해 기어가고 있었다. 열린 핸드백 틈으로 핸드폰이 보였다. 이래서는 곤란하지. 그녀를 안아 침대에 눕히고, 좀 더 세게 팔다리를 묶었다. 그녀는 간질 환자처럼 발버둥 쳤지만 입이 막혀 있어 말을 하진 못했다. 그녀가 안쓰러워져 머리를 쓰다듬어주며 말했다.

"이제 스토커 걱정은 할 필요가 없어요. 제가 책임지고 해치울 테니까요."

그녀는 미친 듯이 고개를 흔들었다. 나는 물었다.

"하고 싶은 말씀이 있으세요?"

그녀는 고개를 끄떡였다.

"테이프를 떼더라도 소리를 지르진 않겠죠?"

그녀는 더욱 열렬히 고개를 끄떡였다. 어떻게 할지 고민할 때, 밖에서 벨 소리가 들렸다. 놈이 온 모양이군. 그녀 머리에 이불을 씌우고 말했다.

"잠깐만 기다려요. 금방 다녀올 테니까."

*

"문 좀 열어봐라! 우리 얼굴 보고 얘기해보자!"

박형섭은 고래고래 고함을 질러댔다. 인터폰으로 녀석의 얼굴을 확인했다. 이십 대 후반 정도? 180이 조금 안 되는 키에 제법 근육질로 몸에 딱 붙는 하얀색 티셔츠와 청바지를 입고 있다. 녀석은 오디션을 보러 온 신인 배우처럼 준비한 말을 쏟아내기 시작했다.

"그래. 내가 너 차지하려고 이것저것 실수 많이 했어. 그래도 다 네가 좋아서, 널 사랑하니까 그랬던 거야. 조금이라도 날 이해해주면 안 될까? 이런 식으로 이별을 통보하는 건 너무하잖아. 한번 제대로 얘기하자. 터놓고 확실하게. 그래도 내가 싫으면 사나이답게 물러나줄게."

쥐새끼 같은 놈. 나는 코웃음이 나오려는 걸 참았다. 저걸 말이라고 하나? 새벽 두시마다 찾아와서 벨을 누르는 놈과 터놓고 이야기하고 싶은 여자가 있을지 궁금하다.

나는 자물쇠를 풀고 살짝 문을 열었다. 놈이 들어오면 문을 잠그고 일을 마무리 지을 생각이었다. 하지만 녀석은 입을 다문 채 미동도 하지 않았다. 하여간에 스토커들이란. 나는 마음속으로 혀를 찼다. 스토커는 기본적으로 겁쟁이다. 정상적인 연애를 할 자신이 없으니까 상대방의 약점을 노려 괴롭히는 것이다. 여자가 용기를 내면 바람 빠진 풍선처럼 쪼그라든다. 막상 문이 열리니 들어올 용기가 안 나겠지. 도망갔다가 내일 새벽 두시에 다시 오고 싶겠지만 여태 한 말이 있어 그러지 못할 뿐이다.

나는 신발장 뒤에 웅크린 채 놈이 들어오길 기다렸다. 결국은 들어올 것이다. 시간이 지날수록 놀란 가슴은 진정되고 호기심은 커지는 법이니까. 피를 닦을 걸레며 냄새를 지울 락스, 놈의 시신을 싸 갈 바디 백 모두 준비해뒀다. 완벽하게 정리를 끝내는 데 대략 세 시간쯤 걸리니까 집에 돌아가면 여섯시쯤 되겠군.

형섭은 문가에 서서 조심스럽게 물었다.

"미숙아, 거기 있니?"

의뢰인 이름이 미숙이었군. 나는 칼날을 만지작거리며 생각했다. 형섭은 더 이상 참지 못하고 문을 밀고 들어왔다.

"미숙아?"

그가 전등 스위치를 찾아 벽을 더듬었다. 됐군. 나는 발끝으로 문을 밀어 닫고 형섭의 등 뒤에 섰다. 불이 켜지는 순간, 녀석의 목을 향해 칼을 내리꽂았다. 틈날 때마다 집 근처 야산에서 연습해 지금까지 한 번도 실패한 일이 없는 나만의 특기다. 지금까지 손봐줬던 스토커들 모두 비명 한 번 지르지 못하고 고꾸라져 다시는 일어나지 못했다.

그런데 이번만은 달랐다. 형섭은 빙그르르 돌아서며 칼을 피하고 내 손목을 꽉 잡았다. 놈과 시선이 마주쳤다. 녀석은 전혀 겁먹은 기색 없이 날 노려보며 말했다.

"너 뭐야? 미숙 씨 어디 있어?"

뭐지, 이 자식. 무술이라도 배웠나? 팔을 뿌리치고 한 방 먹여주고 싶었지만 형섭의 손은 강철 프레스로 만든 것처럼 단단했다.

"아, 그게 말이죠……."

나는 우물쭈물 변명을 늘어놓다가 녀석이 침실로 시선을 돌릴 때 사타구니에 발길질을 날렸다. 하지만 놈은 뒤통수에 눈이 달린 것처럼 무릎을 들어 공격을 막고 내 팔을 비틀었다. 완력이 대단했다. 어떻게든 팔을 꺾이지 않으려고 용을 쓸 때 주먹이 날아왔다. 눈앞에 별이 번쩍했다. 형섭은 내 팔을 놓고 샌드백을 두들기듯 내 얼굴과 가슴을 때렸다. 나는 문에 등을 부딪치고 엉덩방아를 찧었다. 정신이 가물가물했지만 이를 악물고 발목에 감춘 다른 칼을 빼들었다.

"너 이 스토커 새끼, 거기 가만히 있어라!"

신발장을 짚고 일어섰다. 다리가 후들후들 떨렸다. 입안 가득 피가 고여 있었다. 이가 부러진 모양인데 어디가 부러졌는지는 알 수 없었다. 나는 형섭을 노려보며 이를 갈았다. 내가 누군지 알고⋯⋯. 화가 머리끝까지 치밀었지만, 놈과 정면으로 붙어서 이길 가능성이 없다는 점은 인정해야 했다. 킥복싱이든 종합 격투기든 뭔가 하나 제대로 배운 놈이다. 스토커 주제에 무술이라니, 이건 반칙이다. 이런 놈을 상대로 흥분해서 칼을 휘둘렀다가는 너덜너덜해질 때까지 얻어맞을 뿐이다.

오늘은 이대로 물러나 다시 계획을 짜는 편이 낫다. 이 보 전진을 위한 일 보 후퇴. 진짜 훌륭한 인간은 패배를 부끄러워하지 않는다. 나는 형섭을 향해 위협적으로 칼을 휘두르며 다른 손으로는 등 뒤의 현관 자물쇠를 더듬었다.

박형섭이 얼굴을 찌푸리며 물었다.

"너 강도냐?"

"개소리 말고 거기 가만히 있어! 나 갈 테니까 그냥 있어! 잔말 말고. 이 새끼야!"

"미숙 씨 어떻게 했어?"

"가만히 있으라니까. 이 미친 새끼가! 나 간다니까!"

간신히 자물쇠를 풀었다. 문을 열고 뒷걸음쳐 밖으로 나가려 할 때 형섭이 허리춤에서 권총을 꺼냈다.

"좋은 말로 할 때, 그거 버리고 무릎 꿇어라."

뭐야. 저거, 진짜야? 나는 딱딱하게 얼어붙었다. 형섭은 총구를 내 이마에 겨눈 채 살기 띤 어조로 말했다.

"너 설마 미숙이한테 이상한 짓 한 거 아니지? 그럼 넌 내 손에 죽는 거야, 이 자식아."

그는 침실을 돌아보며 크게 소리쳤다.

"미숙아! 괜찮니? 안에 있어?"

처음에는 장난감 총일 거라 생각했다. 아니면 가스총이거나. 악질 스토커 대부분이 가스총이나 전기충격기를 가지고 다닌다. 맨손으로는 연약한 여자조차 해치울 자신이 없기 때문이다. 하지만 녀석은 무술의 고수였고 들고 있는 것 역시 진짜 권총, 그것도 경찰이 쓰는 M10 38구경 리볼버였다.

바로 답이 나왔다. 이 새끼, 경찰이구나.

마음속으로 욕설을 내뱉었다. 초콜릿케이크가 제정신이 아닌 건 진작부터 알아봤지만 이 정도일 줄은 몰랐다. 이 멍청한 여자야. 남자 직업이 경찰이면 경찰이라고 얘기를 했어야 할 거 아냐.

나는 칼을 바닥에 내려놓고 억지로 미소를 지었다.

"혹시 박형섭 씨?"

형섭이 눈을 게슴츠레 뜨며 물었다.

"너 내가 누군지 알아?"

"알다마다요. 이 집에 사는 아가씨가 박형섭 씨를 깔끔하게 처리해달라고 부탁해서 여기 있었던 건데요. 그렇게 심하게 괴롭히셨다면서요. 사람이 그러시면 안 되죠."

박형섭의 얼굴이 벌겋게 변했다. 권총을 든 손이 부들부들 떨리고 있었다. 녀석이 실수로 방아쇠를 당길까 봐 겁이 났다.

"날 깔끔하게 처리해달라고 했다고?"

"예. 개인적인 감정은 없어요. 이해하시죠? 그러니까 그 총 좀 내리세요. 저 칼도 없잖아요."

"내가 뭘 어쨌다고? 네가 나랑 미숙이에 대해 뭘 아는데? 너야말로 뭐 하는 놈이야? 네가 살인 청부업자라도 돼?"

나는 신중하게 말을 골랐다.

"데이트 코치인데요."

"뭐? 데이트 코치? 이 새끼 정말 수상하네. 데이트 코치란 새끼가 왜 칼을 들고 설쳐. 너 미숙이랑 어떻게…… 아냐, 그건 됐고. 미숙이 어디 있어? 뭐가 어떻게 된 건지 직접 물어봐야겠어."

"그게 좋겠네요. 방에 있으니까 가서 얘기 좀 해보세요. 오해를 풀고 진심을 보여주시면 좋잖아요."

나는 넉넉한 미소를 지으며 침실을 가리켰다.

형섭은 의심쩍다는 표정으로 날 쳐다보며 큰 소리로 외쳤다.

"미숙아! 안에 있으면 말 좀 해봐! 미숙아!"

꽁꽁 묶인 초콜릿케이크가 대답을 할 수 있을 리 없다. 기회는 단 한 번이다. 실패하면 데이트 코치도, 자유로운 생활도 끝이다. 나는 침실에서 사람이 나오는 것처럼 손을 흔들었다.

"미숙 씨, 잘 나왔어요. 이 사람한테 얘기 좀 해주세요."

내 인생 최고의 연기였다. 형섭이 침실로 고개를 돌리는 순간, 나는 돌아서서 문을 열고 튀어 나갔다. 심장이 입 밖으로 튀어나올 것처럼 쿵쿵대며 뛰었다. 하느님, 제발 맞지 않게 해주세요. 마음속 깊이 부르짖었지만 소용없었다. 막 복도로 나갈 때 등 뒤에서 탕! 소리가 들렸고 거의 동시에 정강이를 곡괭이로 내리찍는 듯한 통증이 느껴졌다. 나는 새처럼 날아올라 복도 저쪽까지 미끄러졌다.

바닥에 고꾸라진 채 다리를 내려다보았다. 정강이에서 피가 뿜어져 나오고 있었다. 세상에, 무슨 피가 이렇게 많이 나지? 대리석 바닥 위에 금세 피가 고였다. 부들부들 떨리는 손으로 상처를 눌렀지만 피는 멈추지 않았다. 통증이 지독했지만, 그보다는 겁이 나서 견딜 수 없었다. 설마 이렇게 죽는 건가? 그동안 내 손에 죽은 스토커들도 이 정도로 피를 흘리지 않았던 거 같은데. 피를 많이 흘려선지 눈앞이 흐릿했다. 그때 박형섭이 다가와 나이프를 멀찍이 걷어찼다.

"다른 무기 있으면 꺼내라."

"아저씨, 구급차나 불러줘요. 피 나는 거 안 보여요?"

나는 피범벅이 된 손바닥을 보이며 말했다. 형섭은 피도 눈물도 없는 냉혈한이었다. 그는 코웃음 치며 말했다.

"다리에 총 한 방 맞았다고 안 죽어, 인마."

형섭은 가까운 지구대로 전화해 지원을 요청하고 내 팔에 수갑을 채워 벽에 붙은 소화전 밸브에 고정했다. 그러고는 죽기 싫으면 상처를 누르고 있으라며 티셔츠를 벗어 주고는 집 안으로 들어갔다. 티셔츠를 말아 쥐고 정강이를 꽉 누르자 조금씩 피가 잦아들기 시작했다.

정신도 말짱한 것으로 보아 죽지는 않을 모양이다. 조금 전까지 호들갑을 떤 것이 부끄러워졌다. 나는 손가락 사이로 배어 나오는 핏물을 보며 길게 한숨을 쉬었다. 지금껏 완전무결하게 데이트 코치를 해오던 내가, 동네 경찰에게 당하는 날이 올 줄이야. 너무 쉽게 생각했던 데에 패착이 있었다. 옆집 문이 열리고 젊은 아가씨가 얼굴을 내밀었다. 나는 도와달라고 손을 쳐들었지만 그녀는 날 보자마자 황급히 문을 닫았다.

집 안에서 형섭의 놀란 목소리가 들렸다.

"세상에! 미숙아! 이게 무슨 일이야! 머리는 또 왜 이래. 어디 다친 데는 없니? 잠깐만, 내가 금방 풀어줄게."

기대와 희망으로 심장이 두근거렸다. 이제 초콜릿케이크 님이 박형섭을 때려눕히고 날 구해줄 차례다. 함께 놈을 죽이고 시체를 버리러 가겠지. 어쩌면 그녀와 사귀게 될지도 모른다. 외모는 내 취향과 거리가 있지만 남녀 관계란 위기를 겪으면서 가까워지는 법이니까.

그녀가 박형섭의 부축을 받고 거실로 나왔다. 형섭에게 몸을 기댄 채 다리를 질질 끄는 모습이 루게릭병에 걸린 스티븐 호킹 박사를 연상시켰다. 그녀는 소화전 아래 주저앉아 있는 날 가리키며 소리쳤다.

"저 미친 새끼! 저 새끼가 그랬어요! 정말 죽는 줄 알았어요."

박형섭은 여자를 토닥이며 말했다.

"걱정 마. 이제 감옥에 보낼 테니까. 잠깐 여기 앉아서 쉬어. 금방 구급차 올 거야. 저 새끼, 안 보이게 문 닫고 있을까?"

나는 안타까운 마음에 목소리를 높였다.

"초콜릿케이크 님. 지금 옆에 있는 자는 스토커예요. 마음을 빼앗겨선 안 됩니다."

미숙의 얼굴이 험악하게 변했다. 그녀는 어디서 그런 힘이 났는지 형섭을 밀치고 나는 듯이 달려와 내 머리를 걷어찼다. 나는 소화전에 머리를 부딪쳤다가 대자로 뻗었다. 그녀가 소리쳤다.

"넌 사이코패스잖아! 이 새끼야!"

나는 숨을 헐떡이며 천장을 바라보았다. 노란색 형광등 주위로 날벌레들이 날아다니고 있었다. 형광등도, 날벌레도 빙글빙글 돈다. 코뼈가 부러졌는지 숨을 쉬기가 힘들었다. 나는 입을 벌리고 숨을 크게 들이마셨다. 입가에 저절로 미소가 맺혔다. 약간 실수가 있긴 했지만 그럭저럭 만족스러운 결말이다. 스토커를 처단하는 일에는 실패했지만, 의뢰인을 달라지게 만드는 데는 성공했으니까.

그녀는 이제 스토커에게 당하는 일 없이 제대로 된 데이트를 즐길 수 있을 것이다. 처음 보는 남자에게 예의를 지킬 필요는 없다. 마음에 들지 않으면 정확하게 거절하고, 모욕을 당했다고 느끼면

화를 내야 한다. 섣불리 건드렸다간 큰 코 다칠 거란 사실을 명확하게 알려줘야 한다. 앞으로 어떤 스토커를 만나도 지금 내게 한 것처럼 발길질을 날린다면 귀찮은 일은 생기지 않을 것이다.

난 데이트 코치다. 성공률 백 퍼센트의. 문제가 있다면 당분간 감옥에서 나갈 수 없을 거란 점이다. 하지만 언젠가 자유로운 세상으로 나가게 되면 세상 모든 아가씨들을 돕겠다고 약속한다.

무림인

아침 수련을 마쳤을 때 총관의 호출이 있었다. 땀으로 몸이 끈적거렸지만 씻을 시간이 없었다. 총관은 아랫사람을 기다리는 일에 익숙하지 않았다. 그는 와룡촛대에 불을 밝히고 공문을 읽는 중이었다. 코에 서역에서 들여온, 안경이란 물건이 걸려 있었다. 소문에 듣자 하니 저걸 쓰면 사물의 크기가 두 배, 세 배로 보인다고 했다.

"잠깐만 기다리게."

총관은 서두르는 기색 없이 들여다보던 문서를 마저 읽었고 나는 문가에 서서 그가 일을 끝내길 기다렸다. 늘 이런 식이다. 총관은 호출 즉시 달려오지 않으면 부모님이 모욕당한 것처럼 성을 냈지만 제시간에 오면 이런저런 핑계를 대며 기다리게 했다. 어색한 표정으로 차례를 기다리는 부하를 보며 자신이 가진 권력을 확인하는 것이리라.

무술 교두 중에는 이런 총관의 태도가 무인武人의 자존심을 짓밟는 행동이라며 불만스러워하는 자들이 여럿 있었다. 하지만 무인의 자존심이 그토록 소중하다면 비룡방飛龍幇 같은 대형 방회 조직에 들어올 것이 아니라 낭인 무사가 되었어야 옳다. 언제 죽을지 모를 위험한 인생을 살아야겠지만 자존심은 지킬 수 있겠지.

받은 만큼 돌려줘야 하는 게 세상 이치다. 시간으로, 정성으로, 노력으로. 가끔은 생명으로. 비룡방의 무술 교두라는 큼지막한 배경과 매월 지급되는 봉급의 대가가 자존심뿐이라면 싸게 먹히는 편이다.

총관은 문서를 읽고 수결手決했다. 이제 끝났구나 싶어 인사를 건네려 할 때 총관은 다음 문서를 꺼냈다.

좀 더 즐기고 싶은 모양이군. 상관없다. 어차피 점심 전까지 할 일도 없으니까. 무료하게 시간을 때우는 일이야말로 내가 제일 좋아하는 일이다. 사람을 협박하고 죽이고 파묻는 일 따위보다 훨씬 낫다. 나는 발끝에 닿는 푹신한 융단의 촉감을 즐기며 집에 가서 할 일을 생각했다. 날이 더 추워지기 전에 깨진 문짝을 새로 달고 장작을 준비해야 한다. 그런데 도끼를 어디에 뒀더라…….

그때 총관이 일을 끝냈다. 그는 안경을 벗어 책상 위에 내려놓고 맞은편의 의자를 가리켰다.

"자네 왔군. 거기 앉게."

사실은 아까 전부터 와 있었죠. 나는 마음속으로 대답하며 의자에 앉았다. 총관이 말했다.

"자네를 부른 건 까다로운 일이 생겨서야……."

까다로운 일이라. 또 누군가를 죽여야 하는군. 마음이 무거워졌다. 이 년간 그를 위해 여덟 명을 죽였다. 그중에는 그럭저럭 유명한 무사도 있었고, 평범한 농사꾼도 있었다. 모두 총관의 개인적인 일이었다. 그는 마음에 들지 않는 인간이 생기면 나를 불렀다.

나는 표면적으로는 비룡방의 무술 교두지만, 기실에 있어선 총관의 개인적 원한을 처리하는 해결사다. 무림인으로 살다 보면 사람 목숨만큼 하찮은 게 없다는 사실을 알게 된다. 쉽게 죽이고 쉽게 죽는다. 매일 같이 죽고 죽여도, 죽여야 할 인간은 얼마든지 있다. 하지만 총관이 집을 넓히는 데 방해된다는 이유로 죄 없는 농사꾼을 죽이게 될 줄은 몰랐다. 무인의 자존심을 눈곱만큼이라도 가지고 있다면 해서는 안 될 일이다.

하지만 총관에겐 힘이 있었다. 날 방의 간부로 끌어올려줄 수 있는 힘, 혹은 한직으로 내칠 수 있는 힘이.

받은 만큼 돌려줘야 한다. 이름 높은 고수를 사사師事한 적도 없고, 명성 높은 무인을 벤 일도 없는 내가 비룡방의 무술 교두가 될 수 있었던 것도 총관이 뒤를 봐줬기에 가능한 일이었다.

총관은 말했다.

"여자야. 여자를 없애는 데 거부감이라도 있나?"

나는 고개를 흔들었다. 그동안 무공을 모르는 자를 여섯 명 죽였다. 두 번은 무인을 상대했지만 명성만 높을 뿐 실력은 별로인 자들이었다. 그나마도 기습으로 일격에 끝냈다. 내가 하는 일이란 어차피 지저분한 일이다. 남자든 여자든 상관없다.

"이번 일은 신중하게 처리해야 해. 장문인의 일이야. 내가 자네를 추천했지. 누구보다도 정확하고 입이 무거운 친구라고 말씀드렸네. 실망시키지 않았으면 좋겠군."

나는 바짝 긴장했다. 장문인이 죽고 스물밖에 안 된 아들이 비룡방의 주인이 된 지 몇 달 지나지 않았다. 전대 장문인의 갑작스러운 죽음 때문에 방 안팎이 지금까지 시끄럽다. 그런데 장문인의 일이라니? 아까 죽여야 할 상대가 여자라고 하지 않았나?

총관이 내 의문을 풀어주었다.

"장문인이 만나는 여자가 있어. 유부녀지. 예쁜 얼굴은 아닌데 남자 애간장을 녹이는 재주가 있다고 하더군. 보자사普慈寺라고 아나?"

"몇 번 가본 일이 있습니다."

"그곳에서 밀회를 즐겼다고 하는군. 보자사 주지가 불륜을 즐기는 남녀에게 선방禪房을 제공해왔던 모양이야."

보자사 주지라면 인근 주민들로부터 생불生佛이라고 불릴 만큼 유명한 고승이다. 근엄한 표정은 혼자 다 짓더니 뒷구멍으로 지저분한 짓을 하고 있었던 모양이다.

"그런데 그 여자가 덜컥 애를 밴 거야. 장문인께 남편과 헤어지겠다며 아내로 받아달라고 했다더군. 웬만하면 원하는 대로 해주려고 했어. 소문나봐야 좋을 거 없는 일 아닌가. 조용히 데려와서 첩으로 앉히면 될 일이라 생각했지. 전례가 없는 일도 아니니까. 그런데 지금 있는 부인들을 전부 내보내고 자길 본부인으로 받아들이라고 했다더군. 말도 안 되는 얘기지.”

불가능한 요구를 했군. 장문인은 절대 아내를 버릴 수 없다. 지금의 본처는 정재계를 휘어잡고 있는 늙은 거물의 막내딸이었다. 이혼하는 순간 전쟁이 날 게 뻔했다.

총관은 말했다.

“미묘한 때야. 그렇잖아도 방 안팎으로 잡음이 끊이질 않는데 이런 일까지 터져보게. 장문인의 나이나 통솔력을 문제 삼는 자들이 더욱 목소리를 높이겠지. 멍청한 놈들. 비룡방에 내분이 있다는 걸 알면, 다른 방회 조직이 무슨 짓을 할지 알고나 있는 건지.”

그는 쯧쯧 혀를 차다가 말을 이었다.

“전대 장문인께서 갑작스럽게 돌아가시지만 않았어도 아무런 문제도 없었을 텐데, 아쉬운 일이야.”

아마 총관의 말이 옳을 것이다. 다른 사람이 장문인이 되었을 테니까. 지금의 장문인은 잘하는 것도, 좋아하는 것도 없는 인간이었다. 머리는 나쁘고 무공은 형편없으며 성격은 더럽다. 그나마 열정이 있는 것이 계집질과 도박인데, 슬프게도 그 부분조차 재능은 없었다.

전대 장문인도 아들에게 능력이 없다는 걸 알고 있었다. 갑작스럽게 죽지만 않았어도 제자 중 한 명을 후계자로 삼았을 가능성이 높다. 하지만 그가 유언 없이 죽는 바람에 일이 꼬였다.

총관은 현 장문인의 최측근으로, 비룡방의 이인자다. 공식적인 서열로만 따지면 십 위권 밖이지만, 장문인의 총애를 한 몸에 받는 그를 아무도 건드리지 못했다. 방 안팎의 모든 일이 총관이 결정한 대로 이뤄진다는 사실을 모르는 사람은 없다.

다시 말해, 장문인이 몰락하면 총관은 끝장난다는 뜻이다. 총관에게 목을 걸고 있는 나도 박살 나겠지. 다시 말해 우린 한 배를 탄 공동 운명체요, 한 바구니에 든 달걀이었다.

총관이 말했다.

"젊은 무인들 중에 장문인을 불만스럽게 생각하는 자들이 많다고 들었네. 혹시 알고 있는 게 있나?"

나는 전대 장문인의 오른팔이었던 진복생을 주축으로 불만 세력이 모이고 있다는 사실을 알려주고, 그쪽에 선을 대고 있는 동료 교두들의 이름을 털어놓았다. 그러면서 나와 사이가 좋지 않은 작자들의 이름도 살짝 끼워 넣었다. 총관과 내가 공동 운명체라면 나도 조금은 얻는 게 있어야 할 테니까. 총관은 조용히 내 말을 들었지만 이름을 적진 않았다. 듣는 즉시 외우는 걸까. 아니면 내가 무슨 말을 하든 신경 쓰지 않는 걸까. 궁금했다. 총관은 말했다.

"오늘 밤 여자는 보자사에 갈 걸세. 장문인에게 확답을 듣기 위해서지. 거기 가본 일이 있다니, 길이 어떤지 알겠군."

"좁고 험한 산길이죠."

"여자는 묘시卯時—오전 다섯시에서 일곱시—정도에 보자사에서 나올 걸세. 그 시간이라면 오가는 사람도 없겠지. 없앤 다음에 옷을 벗기고 돈을 빼앗게. 강도가 저지른 짓으로 위장해. 절대로 장문인과 연관되었다는 말이 나와선 안 돼."

"알겠습니다."

총관은 한결 부드러운 어조로 말했다.

"이번 일만 성공한다면 자네의 능력에 걸맞은 자리로 옮겨갈 수 있을 걸세. 지금 백호당주 자리가 공석이지 아마?"

나는 심장이 빠르게 뛰는 것을 느꼈다. 무공을 모르는 아낙네를 죽여야 한다는 꺼림칙함은 머릿속에서 사라졌다. 백호당주라면 비룡방 서열 오십 위권의 간부직, 일반 무사에게는 꿈이나 다름없는 지위다. 당주가 되면 돈 걱정을 할 필요도 없고, 남몰래 지저분한 일에 나설 필요도 없다.

총관은 음흉한 미소를 지었다.

"그러니까 뒤탈 없이 해결하란 말이야."

그때 벌컥 문이 열리고 장문인이 들어왔다. 그는 우리의 인사를 받는 둥 마는 둥 지나쳐, 총관이 내주는 상석에 앉았다. 나는 고개를 숙인 채 슬쩍 장문인의 얼굴을 훔쳐보았다. 초췌한 얼굴이다. 충혈된 눈, 파리한 안색. 숨을 쉴 때마다 술 냄새가 났다. 그는 이마를 문지르며 말했다.

"이야기는 들었겠지?"

처음에는 어리둥절했지만, 곧 내게 하는 말이란 사실을 깨닫고 고개를 끄떡였다.

"예. 들었습니다."

그는 길게 한숨을 쉬었다. 오랫동안 살을 섞어온 여자를 없애야 한다는 사실이 고통스러운 걸까? 역시나 한심한 놈이군. 나는 놈의 값비싼 가죽 신발을 노려보며 생각했다.

넌 세상이 얼마나 험악한 곳인지, 산다는 게 얼마나 힘든 일인지 모르겠지. 세상 사람들이 밥 한 끼를 위해 서로 죽이고 죽는 일도 있다는 사실을 알면 놀랄 거야. 오랫동안 살을 섞어온 여자를 없애라고 부하에게 시키면서 질질 짜는 게 네가 할 수 있는 고작이니까.

나라면 직접 손을 쓰겠다. 정 눈물이 난다면 내 손에 피를 묻힌 다음에 울겠다. 그쪽도 역겹긴 마찬가지지만 최소한 비겁하지는 않다.

"잘 처리해주게."

장문인은 숨을 크게 들이마시더니 벌떡 일어나 문을 향해 걸어갔다. 나는 다시 고개를 숙여 인사했다. 총관이 장문인을 따라가며 속삭였다.

"여기까지 오실 필요가…… 제가 알아서 처리하면 될 일인데요."

"그녀를 죽이는 자의 얼굴을 보고 싶었을 뿐이야."

"누구라도 상관없는 일입니다."

문이 닫히자 총관은 나를 노려보며 말했다.

"이번 일이 얼마나 중요한지 알겠지? 말썽 없이 진행해야 하네. 절대로 실패해선 안 돼."

"알겠습니다. 그런데……."

"그런데 뭐?"

나는 망설이다 말했다.

"장문인께서 아직 그 여자에게 마음이 있는 것처럼 보입니다. 일이 마무리되고 난 후 절 꺼림칙하게 생각하진 않으실까요? 어쨌든 제가 손을 썼으니까 말이죠."

"그럴 일 없네. 지시를 따랐을 뿐인데 왜 원한을 품겠나?"

지시에 따랐으니까 더 그렇죠. 죄책감을 느낄 땐 누구든 화풀이할 상대가 필요해지니 말입니다. 나는 마음속으로 말했다. 더 따져봐야 소용없는 일이란 걸 나도 알고 있다. 안전을 보장한다는 각서를 써달라고 할 수도 없는 일이니까. 하긴 각서가 있어도 소용없겠군. 으슥한 밤에 나타난 자객에게 각서를 보여준다고 해서 뭐가 달라지겠나. 총관의 말처럼 지시에 따른 뒤 운이 좋기를 바랄 수밖에 없다. 조직에서의 성공과 실패는 결국 운이다. 내 명줄이 장문인과 총관의 운명에 달려 있는 것처럼.

나는 자리에서 일어나려다 제일 중요한 걸 빼먹었다는 사실을 깨달았다.

"그런데 여자를 어떻게 알아보죠?"

"내가 그걸 깜빡했군. 어차피 그 시간에 혼자 다닐 여자는 한 명밖에 없겠지만 확실히 하는 편이 좋겠지. 장문인께서 여자에게 선물을 줄 거야. 보옥으로 된 귀고리. 그걸 달고 있는 여자야."

총관은 왠지 모를 묘한 미소를 지었다. 나는 고개를 갸웃했다.

"안 달고 올지도 모르잖습니까. 나중에 하려고 품속에 넣고 다닐 수도 있죠."

"걱정도 많군. 만일 귀고리를 한 여자가 없다면 그냥 돌아오면 될 일 아닌가. 자네는 그저 시키는 대로 하면 되는 거야. 생각은 우리가 하니까. 오늘은 이만 집에 돌아가서 쉬게. 새벽에 일을 해야 하는데 피곤하면 곤란하잖아?"

*

아내는 후원의 볕 좋은 곳에 이웃집의 정씨 부인과 함께 앉아 손수건에 수를 놓고 있었다. 정씨 부인은 뭐가 그리 좋은지 호호호 웃음을 터뜨리다 나를 보고 입을 가리며 인사를 건넸다.

"어머, 안녕하세요. 오늘은 일찍 들어오시네요."

그녀의 남편은 비룡방의 하급 무사로 나와도 안면이 있는 사이였다. 그는 작년 초 있었던 이웃 문파와의 분쟁 때 칼에 맞아 죽었고, 정씨 부인 혼자 남았다. 비룡방이 위로금으로 지불한 돈은 은전

두 냥밖에 되지 않았다. 그 후로 그녀는 이웃에 있는 다른 비룡방 무사들의 집안일을 봐주면서 근근이 생계를 이어나갔다.

나는 정씨 부인의 환하지만, 지친 얼굴을 보며 내 아내는 결코 이렇게 만들지 않겠다고 다짐했다. 내가 손에 피를 묻히는 건 결코 나 혼자만을 위해서가 아니다. 우리 가족을 위해서다. 정씨 부인은 부부끼리 정담을 나누시라며 수를 놓던 물건을 들고 집으로 가버렸다.

아내는 눈을 반짝이며 내 팔을 잡았다.

"오늘은 해가 서쪽에서 뜨려나 봐요? 당신이 이렇게 일찍 들어올 줄 몰랐어요."

"저녁에 다시 나가봐야 돼. 오늘 당직을 서야 해서."

아내가 시무룩해졌다.

"당신 요새 당직이 너무 잦은 거 아니에요?"

"미안해. 자꾸 일이 생겨서."

"커다란 집에 혼자 있으면 얼마나 외로운지 알아요. 정 부인이 가끔 와서 말벗이라도 해줘서 망정이지…… . 나 정말 삐졌어요."

그녀가 입을 삐쭉 내밀며 돌아섰다. 나는 얼굴을 찌푸렸다. 그렇지 않아도 가슴 위에 돌덩이를 올려놓은 기분인데 아내까지 투정을 부리니 그야말로 죽을 맛이다. 하지만 무공도 모르는 여자를 죽이러 산길 으슥한 곳에 나가봐야 한다고 털어놓을 수는 없는 일이다.

"미안해. 내일부터는 일찍 들어올게. 오늘은 내가 아니면 안 될 일이 있어서 그래. 이제는 가끔 쉬는 날도 있을 테니까 같이 놀러 나가고 그러자고.”

“정말요?”

“그럼. 정말이지.”

“좋아요. 속는 셈 치고 한 번만 더 믿을게요. 참, 내 정신 좀 봐. 아직 식사 안 하셨죠? 금방 준비할 테니까 조금만 기다려요. 싱싱한 게가 들어와서 몇 마리 사 왔거든요. 원래는 내 차례까지 안 오는 거였는데, 오늘 시장에 처음 보는 방물장수가 왔거든요. 거울에 옥비녀에 각종 패물에 노리개까지 바리바리 싸 들고 왔는데, 그렇게 싸게 팔았대요. 당신도 알다시피 난 그런 거에 별 관심 없잖아요. 다들 거기 가느라 정신이 팔린 틈을 타서…….”

아내는 머리를 쓸어 올리며 시장에서의 무용담을 늘어놓았다. 나는 의자에 앉아 그녀가 하는 말을 들었다. 결혼한 지 삼 년이 지났지만, 행동이나 말투 모두 처녀처럼 경쾌하다. 아무리 우울한 일이 있어도 아내와 함께 있으면 마음이 풀린다. 아이가 있다면 좋을 텐데…… 이상하게 임신이 되지 않았다.

“금방 준비할게요.”

나는 돌아서는 아내의 등에 대고 말했다.

“참, 여보. 나 곧 승진할 것 같아. 오늘 총관님께서 살짝 귀띔을 해주시던데?”

“그래요? 어디로 가는데요?”

그녀가 눈을 반짝이며 날 쳐다보았다. 나는 잠시 뜸을 들였다가 활짝 웃으며 말했다.

"백호당주."

"정말요?"

아내의 기뻐하는 모습을 보니 가슴 한편에 남아 있던 찜찜함도 눈 녹듯 사라졌다. 내가 아니라도 누군가의 손에 죽을 여자다. 그렇다면 나와 내 아내가 행복해지는 편이 낫겠지.

나는 그녀를 꼭 끌어안았다.

"그래. 이제 당신 고생 다 끝났어. 혼자 집안일 하는 거 안쓰러웠는데 이제 하녀도 두고 살자고."

무슨 일이 있어도 지금의 행복을 포기하지 않겠다. 눈 딱 감고 이번 일만 해치우면 된다. 백호당주가 되면 나 대신 지저분한 일을 해줄 인간을 찾아낼 수 있겠지. 가진 건 두 주먹밖에 없는 절박한 인간. 시키는 건 뭐든 해낼 배고픈 늑대. 내가 아니라도 세상에는 그런 인간이 얼마든지 있다.

우린 팔짱을 낀 채 후원을 나섰다. 나는 문득 떠오른 생각에 물었다.

"참, 당신 보자사에 가본 적 있어?"

"아뇨, 아직요. 동네 아줌마들이 같이 가보자고는 하는데……."

"거기 절대 가지 마."

"왜요? 무슨 일 있어요?"

나는 잠시 생각하다 입을 열었다.

"영험이 없대."

*

밤늦게 집을 나섰다. 아내에게는 점심쯤 돌아올 거라고 말해두었다. 여자를 죽이고 시체를 처리하려면 그 정도 시간은 필요할 것이다.

구불구불한 산길은 맹수의 목구멍처럼 캄캄했다. 비탈을 올라 산등성이의 바위 뒤에 자리를 잡고 앉았다. 준비한 칼을 꺼내 무릎 위에 올려놓고 여자가 오기를 기다렸다. 어둠 속에서 홀로 앉아 인생이 왜 이리 비루한 것인지 생각했다. 누군가는 비룡방의 후계자로 태어나 온갖 호사를 다 누리고 누군가는 후계자가 싼 똥을 치워야 한다.

문득 십 년 전의 일이 떠올랐다. 오래전에 잊은, 아니 잊었다고 생각한 일. 하지만 늦은 밤, 가끔씩 생각나 이불을 땀으로 축축하게 적시고 새벽이 될 때까지 잠을 이루지 못하게 만든다.

내가 아직 농사꾼이던 시절의 일이다. 삼 년째 가뭄이 계속되었고 사람들은 굶주림에 지쳐 죽어갔다. 밭에 나가 조금이라도 건질 곡물이 없는지 찾다가 집에 돌아왔을 때 어머니가 넋 나간 얼굴로 나무로 된 식탁을 뜯어먹고 있었다. 간신히 식탁에서 어머니를 떼어냈을 때는 낡은 나무 식탁에 어머니의 이가 박혀 있었다.

그날 밤, 나는 마을 제일의 부자를 찾아갔다. 곳간 가득 쌀을 쌓아두고서 고리高利로 쌀을 빌려주는 악당. 그는 피둥피둥 살이 쪄서 눈조차 제대로 뜨지 못하면서 보이는 모든 걸 가지지 못하면 직성이 풀리지 않았다. 그러면서도 굶주린 자들이 몰려올 것이 두려워 건장한 하인들을 잔뜩 고용해 집을 지키게 하는 겁쟁이였다. 나는 그자 앞에 무릎을 꿇고 무슨 일이든 할 테니 밥을 달라고 말했다.

그는 날 하인으로 고용했다. 나중에 내 눈빛이 마음에 들었다고 말했다. 굶주린 자의 절박한 눈빛. 밥을 먹기 위해선 무슨 짓이든 하겠지만 주인의 손은 물지 않을, 충성스러운 개의 눈빛이었다고 했다.

우리 같은 사람에게 중요한 건 능력보다 충성심이지. 능력이야 언제든 돈을 주고 살 수 있으니까. 부자는 흡족해하며 말했다.

그의 밑에서 오 년을 일했다. 주로 그에게 빚진 자들을 찾아가 돈을 받아내는 일이었다. 하루에 한 끼 먹기도 힘든 가난한 사람들. 그중에는 내 친구들도 있었다. 나는 누구보다도 무자비한 수금원이었다. 친구 아버지의 입을 벌리고 입안에 든 쌀알을 끄집어낸 적도 있었다. 부끄러운 일이지만 가족을 먹여 살릴 수만 있다면 족하다고 생각했다.

부자는 내 충성심을 높이 평가해, 날 가까운 문파로 보내 무공을 배우게 했다. 무공을 배우기엔 적지 않은 나이였지만 남들에게 뒤지지 않기 위해 죽도록 노력했다. 다시 옛날로 돌아가고 싶지 않았으니까. 수련을 마치고 돌아왔을 때 부자는 죽고 집은 불탄 후였다. 마적 떼가 들이닥쳐 모두 죽이고 약탈한 다음 떠났다고 했다. 어머니도 죽었다. 마을이 마적 떼로 혼란스러울 때 누군가 우리 집에 가 어머니를 죽이고 돈이 될 만한 물건은 모조리 훔쳐 갔는데 그게 누군지는 끝까지 알아내지 못했다.

나는 고향을 떠났다. 그나마 무공을 배워서 다행이었다. 정처 없이 떠돌며 배가 고프면 칼 솜씨를 팔았다. 남을 대신해 결투에 나간 적도 있고 몰래 사람을 죽여주기도 했다. 변변찮은 솜씨지만 운이 좋았던 건지, 다른 놈들이 나보다 더 변변치 않았던지 늘 이겼다. 그러다 보니 어느새 난 그럭저럭 이름이 있는 검객이 되어 있었다.

그래봐야 강호 전체로 따지면 삼류밖에 안 되는 낭인 무사에 불과하지만, 세상에는 낭인 무사만이 할 수 있는 일도 있는 법이다. 하늘 위의 높은 분들은 도리에 맞지 않아서, 남들 보기 부끄러워서, 급이 떨어지는 일이라 하지 못하는 온갖 지저분한 일들이 내게 밀려들어왔다. 돈 많고 걱정 많은 자들. 그런 자들이 명령을 내리면 내가 처리했다. 결국 우린 한 똥통 속의 똥이었다.

밤바람이 차가웠지만 모닥불을 피울 순 없었다. 나는 나무 아래 웅크리고 앉아 아내가 배고플 때 열어보라고 준 보자기를 풀었다. 커다란 만두가 다섯 개 들어 있었다. 만두는 아직 따뜻해 반으로 쪼개자 김이 피어올랐다. 만두를 입에 넣는 내 얼굴에 저절로 미소가 맺혔다. 아내를 만나지 않았다면 계속 그렇게 살다가 결국 나보다 강하고 운이 좋은 자의 칼에 맞아 죽었겠지. 벌판에 버려진 시체는 짐승의 배를 불리는 데 쓰였을 것이다.

언제인지 기억나지 않지만 아무튼 여름이었다. 바람 한 점 불지 않는 뜨거운 한낮에 나는 사람을 죽였다. 짧은 격투였지만 워낙 격렬해 일을 끝냈을 때는 온몸이 땀과 피로 끈적끈적해져 있었다. 피로했지만 그보다 배가 고팠다. 한 손에 칼을 든 채로 가장 가까운 만두 가게로 들어갔는데, 거기서 지금의 아내를 만났다. 그녀는 가게 주인의 딸로 손님 접대를 맡고 있었다.

고양이처럼 예쁘장한 눈과 제비처럼 날렵한 걸음걸이가 좋았고 웃는 모습과 말투가 좋았다. 무엇보다 피투성이가 된 나를 보고도 놀라거나 겁먹은 내색을 하지 않은 것이 마음에 들었다. 근처에 집을 얻고 정식으로 매파媒婆를 넣어 혼사를 청했다. 내가 무림인이기 때문에 가족들의 반대가 심했던 모양이지만 결국에는 무림인이기 때문에 응낙을 받았다. 살인을 업으로 삼는 낭인 무사의 비위를 건드려서 좋을 것 없다는 걸 그들도 알고 있었다.

그렇게 그녀와 결혼했다. 난 아내를 지키기 위해서라면 무슨 일이든 할 준비가 되어 있었다. 가족을 지키는 데 한 번은 실패했지만 두 번은 실패하지 않겠다. 그래서 낭인 무사를 그만두고 비룡방에 들어갔다. 대형 방회 조직에 속해 있으면 아무래도 덜 위험할 테니까. 총관의 '까다로운 일'을 맡아 처리해온 것도 그 때문이었다. 하지만 이제 됐다. 백호당주가 되면 지금과는 다르게 살 수 있다. 아이를 가지고 평범하고 자상한 아버지가 되어 조용히, 늘 바라왔던 것처럼.

검푸른 하늘에 반짝이는 별들이 보였다. 차가운 바람이 나뭇가지를 흔들며 지나갔다. 마른 낙엽이 바삭바삭 소리를 내며 굴렀다. 피로했다. 며칠 계속 당직을 선 때문인 모양이다. 사실은 내 차례가 아니었는데 계속 일이 꼬여 아흐레 연속으로 문파에서 밤을 보내야 했다. 그러고 나서 열흘째엔 사람을 죽이러 나오게 되다니, 운이 좋지는 않다. 나도, 이제 죽을 여자도. 낙엽을 깔고 바닥에 누웠다. 잠시라도 눈을 붙여볼 생각이었다.

*

새들이 한꺼번에 날아오르는 소리에 놀라 잠에서 깼다. 해가 뜨기 시작한 하늘은 짙은 회색이었다. 팔다리 위로 눈처럼 하얀 서리가 덮여 있었다. 나는 손바닥으로 얼굴을 쓱쓱 문지르며 몸을 일으켰다. 조심스럽게 바위 너머를 살피니 언덕 위에서 누군가의 발소리가 들렸다.

추운 곳에서 잔 때문인지 몸이 뻣뻣했다. 목덜미를 문지르며 바닥에 내려놓았던 칼을 집어 들었다. 발소리가 점점 가까워진다. 수풀 너머로 붉은색 가죽신이 보였다.

여자로군.

나는 수풀을 헤치고 산길 아래로 내려갔다. 서두르진 않았다. 여자가 도망치지 못할 거란 사실을 알기 때문이다. 그녀가 날 보고 걸음을 멈췄다. 귀고리에 달린 보옥이 부르르 떨렸다. 우리는 한동안 서로를 마주 보며 그렇게 서 있었다. 이제야 총관이 여자의 생김새를 알려주지 않았던 이유를 알겠다. 그녀가 더듬더듬 말했다.

"여보, 여긴 무슨 일이세요?"

"당신이야말로 무슨 일이지?"

나는 한 걸음 다가서며 물었다. 아내의 시선은 내 손에 들린 비수로 향해 있었다. 그녀도, 나도 목소리가 떨렸다.

"잠깐 보자사에 들렀어요……. 우리, 애가 없잖아요. 정씨 부인이 보자사 부처님께 치성을 드리면 아이가 생긴다고 해서요."

"그래. 보자사가 그쪽 방면에 특출한 재능이 있다는 얘긴 나도 들었지. 그런데 귀에 달고 있는 건 뭐지? 처음 보는 물건 같은데?"

"아, 이거요? 오늘 시장에서 샀어요. 방물장수가 왔다고 했잖아요. 진짜 보옥인데 말도 안 되는 싼 가격에 팔고 있잖아요. 저한테만 그 가격에 주겠다는 거예요. 그래서 살짝 무리했어요. 당신한테 말하면 화낼 것 같아서……. 당신 사치하는 거 싫어하잖아요."

"그렇군."

나는 낮은 목소리로 대답했다. 너무 충격이 컸던 탓일까? 오히려 점점 정신이 맑아지는 느낌이다.

아내가 애교를 떨었다.

"그런데 그 칼 좀 치워주면 안 돼요? 보기만 해도 무서워요."

나는 칼을 품속에 넣었다. 아내는 안심했는지 한숨을 쉬었다.

"그런데 당신은 여기 무슨 일이에요?"

"임무가 있어서. 당신 만나서 깜짝 놀랐어."

"미안해요. 당신이 보자사에 가지 말라고 했는데……. 사실은, 며칠 동안 밤마다 치성을 드리러 오고 있었어요. 결혼한 지 삼 년인데 아이가 없잖아요. 당신에게도 돌아가신 어머님에게도 너무 죄송스러워서. 그런데 정씨 부인이 보자사가 정말 효험이 있다고 해서……. 당신 이야기를 듣긴 했지만 오늘이 마지막 날이고…… 밀져야 본전이다 싶어서 계속 왔는데. 화 많이 났어요?"

"아냐, 괜찮아."

아내의 얼굴에 미소가 맺혔다. 산길을 걸어오느라 땀이 나 불그스름한 얼굴이 아름답다. 그녀는 내게 두 팔을 뻗으며 속삭였다.

"미안해요. 여보."

그녀를 꼭 끌어안았다. 헉. 나직한 신음 소리가 귓가에 울렸다. 나는 한동안 그녀를 안고 있다가 천천히 바닥에 내려놓았다. 뜨거운 선혈이 산길을 타고 흘러내렸다.

나는 그녀 옆에 주저앉았다. 피 묻은 칼을 내려다보다 멀리 던져버렸다.

나는 입술을 깨물고 눈물을 참았다.

어쩔 수 없는 일이었어. 마음속으로 되뇌었지만 도무지 일어설 수가 없었다. 몇 번이고 구토를 했다. 나는 한동안 그곳에 주저앉아 멍하니 바닥만 내려다보고 있었다.

그러다 인기척을 느끼고 고개를 드니 몇 걸음 앞에 총관이 서 있었다. 그는 아내의 시신을 내려다보다 탄식했다.

"내가 너무 늦게 왔군."

총관의 낯짝을 보고 있으려니 지금부터 해야 할 일이 생각났다. 아내는 죽었지만 일은 끝난 것이 아니다.

나는 칼을 들고 일어섰다.

"구경거리를 놓쳐서 아쉽습니까? 걱정 안 하셔도 됩니다. 아직 재미있는 일이 많이 남아 있으니까요."

"오해 말게. 난 자넬 도우려고 온 거야. 장문인이 말한 여자가 자네 아내라는 건 나도 조금 전에 알았네. 그자가 그토록 잔인무도한 자일 줄은 몰랐어."

"입술에 침이나 바르고 거짓말을 하시죠."

"정말이야. 장문인이 자넬 직접 지목하며 일을 맡기라고 했어. 자네가 제법 유능하다는 소문을 들은 줄 알았더니, 그게 아니었던 거지. 아내를 죽이는 일을 남편에게 맡기다니, 이런 야비한 작자가……."

그는 고개를 설레설레 흔들었다.

"정말 미안하네. 내 응분의 책임을 지겠어. 하지만 날 죽인다고 자네 분이 풀리겠나? 그렇지 않을 거라고 보네."

"그럼 어떻게 해야 할까요?"

"장문인을 절대 그냥 둬선 안 돼."

나는 움찔 몸을 떨었다. 총관은 말했다.

"장문인은 지금 보자사에 있어, 혼자서. 장문인 무공이 별 볼 일 없는 건 자네도 알고 있겠지? 우리 둘이 힘을 합치면 어렵지 않게 해치울 수 있을 걸세."

이해할 수가 없었다. 나는 물었다.

"당신은 장문인의 심복이잖습니까."

그는 한숨을 쉬며 말했다.

"장문인은 지금 제정신이 아니야. 자네와 자네 아내에게 한 일을 보게. 잔인할 뿐 아니라 비열하기까지 하지. 완전히 미친 인간이야. 그냥 뒀다간 비룡방 전체가 위험해. 자네가 나선다면 나도 돕겠네. 어떻게 하겠나? 가겠나?"

머릿속이 혼란스러웠다. 총관의 말을 어디까지 믿어야 할지 알 수 없었다. 나는 총관을 쳐다보다 아내에게 시선을 옮겼다. 그녀는 눈을 크게 뜬 채 죽어 있었다. 반쯤 벌린 입안으로 머리카락이 들어가 있었다. 죽은 그녀의 눈은 더 이상 고양이를 닮지 않았다. 나는 고개를 돌려 그녀를 외면했다. 그녀의 눈을 감겨주고 어디든 깨끗한 곳에 눕혀놓고 싶었지만 차마 그럴 용기가 나지 않았다.

'내가 그녀를 죽였으니까.'

지금 할 일은 하나뿐이다. 광주 무림을 위해서도, 비룡방을 위해서도 아니다. 나 자신을 위해서다. 나는 총관과 함께 보자사로 갔다.

*

담벼락을 넘어 절 안으로 들어가자 포석이 깔린 안마당이 보였다. 젊은 중 둘이 바닥을 쓸고 있었고 늙은 중이 문간방에 앉아 그들에게 잔소리를 늘어놓고 있었다.

그들에게 들키지 않도록 조심하며 대웅전을 따라 오른편으로 꺾어 들어가자 닫힌 문이 길을 막고 있었다. 다행히 문은 잠겨 있지 않았다. 그 안은 널따란 정원이었고 나무 사이로 작은 별채가 보였다. 절에 치성을 드리러 오는 부인들이 머무는 장소인 듯했다.

총관은 내게 따라오라는 듯 손을 까딱인 후 별채로 다가갔다. 그는 구리 손잡이가 달린 나무문 앞에 서서 내게 입모양으로 말했다.

"여길세. 준비하게."

나는 총관이 준 단도를 꺼내 쥐었다. 그의 말로는 스치기만 해도 숨을 끊어놓는 극약이 묻어 있다고 했다.

총관이 문을 열고 들어갔다. 문이 열리자 촛불이 비틀거리다 똑바로 곧추섰다. 방에서는 짙은 향 내음이 났고 장문인의 어깨 너머, 하얀 벽에는 관음상이 그려진 그림이 걸려 있었다. 침대에 누군가 누워 있었고 규칙적인 숨소리가 들렸다.

우리는 침대로 다가갔다. 거기 장문인이 대자로 뻗어 있었다. 반쯤 벌린 입에서 술 냄새가 났다. 그가 인기척을 들었는지 눈을 떴다. 어리둥절한 표정. 그가 뭐라 말하려 할 때, 총관이 장문인의 입을 막았다. 장문인의 눈이 공포로 젖었다. 총관이 내게 소리쳤다.

"뭐 해? 손을 써!"

있는 힘을 다해 장문인의 가슴을 칼로 내리찍었다. 그가 부르르 몸을 떨었다. 나는 찌르고 다시 찔렀다. 장문인은 믿어지지 않는다는 눈빛으로 우릴 쳐다보다 축 늘어졌다.

나는 숨을 몰아쉬며 빈 의자에 털썩 주저앉았다. 너무 간단했기 때문일까? 복수를 했음에도 마음은 풀리지 않았다. 그저 모든 것이 허탈할 뿐이었다. 아내가 죽었다. 내가 죽였다. 그런데 장문인을 죽였다고 달라질 것이 무엇이겠는가.

"자네 괜찮나?"

총관이 옆으로 다가오며 물었다. 고개를 끄떡일 때 등허리가 뜨끔했다. 나는 팔다리에 힘을 잃고 그 자리에 쓰러졌다. 총관이 칼에 묻은 피를 털어내며 야비하게 웃었다.

"지금은 별로 괜찮아 보이지 않는군."

"이게 무슨……."

어떻게든 일어나보려고 애썼지만 소용이 없었다. 몸에 전혀 힘이 들어가지 않았다. 그는 내 팔을 걸어차 단도를 멀찌감치 걸어냈다.

"자네 기분이 좋아질 이야기를 하나만 해주지. 자네 아낸 바람을 피우지 않았어.”

나는 머리를 망치로 얻어맞은 기분이었다. 순간적으로 칼을 맞은 통증도 잊은 채 소리쳤다.

“그런데 왜……?”

총관은 한심하다는 표정으로 날 쳐다보다 입을 열었다.

“왜긴 왜겠어. 장문인을 없애려고 그랬지. 그냥 죽이면 뒤탈이 생길 테니 자넬 끌어들인 거고. 음탕한 아내와 간부姦夫를 처치하는 남편이라. 정당한 살인이지. 아무도 뒷조사를 하려고 들지 않을 걸세.”

나는 고개를 돌려 장문인의 시체를 쳐다보았다. 총관은 내 의문을 눈치챘는지 천천히 입을 열었다.

“장문인이 만나던 여자는 따로 있어. 우리가 고용한 창녀……. 이 숫보기는 그 여자를 없애러 가는 줄 알고 자네 얼굴을 보러 온 거야. 그러고 이런 데 숨어서 술이나 마시면서 질질 짜고 있었던 거네. 천하에 다시없을 바보지.”

이제야 상황이 이해되기 시작했다. 나는 숨을 크게 들이마셨다. 몸에 힘이 빠지는 것과 달리 머리는 점점 맑아진다.

나는 물었다.

“내 아내가 보자사에 온 이유가 뭐지?”

“불공드리러 왔다고 말 안 하던가? 자네 옆집에 사는 여자를 포섭했지. 은자 몇 냥을 쥐어주니 자네 밥에 독이라도 탈 기세더군. 이해하게. 전부 밥 먹고 살기 힘들어서 그런 거니까. 자네 아내에게 가서 보자사에 가서 열흘간 치성을 드리면 아이가 생긴다고 말해주라고 했지. 그사이 자네가 집에 돌아가지 못하도록 당직 근무를 조절했고…… 방물장수를 고용해 자네 아내에게 귀고리를 팔았지. 부끄러워할 거 없어. 나름대로 공을 들인 계획이니까. 자네가 아니라 다른 사람이었다고 해도 속았을 거야."

나는 쉰 목소리로 물었다.

"누가 다음 장문인이지? 당신인가?"

총관은 코웃음을 쳤다.

"내게 그럴 자격이 있다고 생각하나? 대제자인 진복생 공자가 비룡방의 주인이 될 거야. 그분은 그럴 자격과 능력을 갖춘 분이지. 지금의 장문인은 너무 마음이 여려. 험악한 강호에서 절대 버텨 갈 수 없어. 전대 장문인도 그래서 죽었지. 젊을 때는 사람 잡아먹는 호랑이라고 불리던 양반이 나이를 먹고서 그렇게 유약해질 줄 어떻게 알았겠나? 아들을 장문인으로 삼겠다고 고집을 피웠으니 죽어도 싸지."

그는 내 놀란 표정을 보고 너털웃음을 흘렸다.

"설마 전대 장문인이 노환으로 급사했다는 말을 믿었던 건 아니겠지? 그럴 리가 있나. 세상에는 자연사로 위장하는 독약이 여러 개 있다네."

나는 간신히 입을 열었다.

"왜 나지?"

그는 어깨를 으쓱였다.

"꼭 너일 필요는 없었어. 소모품 중에서 아무나 뽑았을 뿐이야. 넌 시키는 일은 뭐든 하니까 좀 더 편할 거란 생각은 했지. 세상을 보는 눈은 비관적이고, 머리 회전은 느리니까. 이런 일에 써먹기 딱 좋지 않겠나. 마누라를 죽이고도 장문인에게 충성하려 들까 봐 걱정하긴 했지. 그렇게까지 망가지진 않아서 다행이야. 아까도 말했듯 강호에 유약한 인간은 쓸모가 없지. 이제 궁금증은 다 풀렸나?"

"그래. 대충 알겠어."

문이 열리고 장문인이 들어오며 말했다. 나와 총관은 깜짝 놀라 그를 바라보았다. 무표정한 칼잡이들이 장문인을 따라 들어와 우리 주위를 둘러쌌다. 총관은 이해가 가지 않는다는 표정으로 장문인을 쳐다보다 간신히 입을 열었다.

"어떻게……. 넌 분명히 죽었는데?"

"얼굴을 자세히 확인했어야지."

장문인은 침대 위의 시체로 걸어가 얼굴을 잡아당겼다. 인피면구人皮面具가 찢어지며 진짜 얼굴이 드러났다. 나도 아는 얼굴이다. 전대 장문인의 대제자인 진복생이 눈을 부릅뜬 채 죽어 있었다.

장문인은 쯧쯧 혀를 찼다.

"진 사형도 안됐어. 믿었던 부하에게 당할 줄 누가 알았겠나."

총관은 아무 말도 하지 못했다. 지금까지의 자신만만한 모습은 사라지고 껍질만 남은 인간이 거기 있었다. 장문인은 차가운 눈으로 총관을 바라보며 고개를 끄떡였다.

"자네 말이 맞아. 강호에 유약한 인간은 필요 없지."

그가 눈짓을 보내자 칼잡이들이 나섰다. 총관은 괴성을 지르며 맞서 싸웠지만 오래 버티지 못했다. 칼잡이들이 경련을 일으키는 총관을 밖으로 끌어냈다.

방에는 나와 장문인만이 남았다. 깨어진 가구의 파편들이 여기저기 흩어져 있었고 벽에는 검붉은 핏물이 흩뿌려져 있었다. 그림 속 관음상의 미소는 더 이상 자애롭지 않았다. 어느새 날이 밝아 있었다. 장문인은 방 안에 유일하게 멀쩡한 의자에 앉아 날 바라보았다.

"자네 덕분에 방의 배신자들을 전부 처리하게 됐군."

나는 대답하지 않았다. 피로했다. 독이 묻은 단도 때문일까, 조금씩 정신이 흐려지고 있었다. 이제는 그저 쉬고 싶은 마음뿐이다. 장문인이 날 그만 괴롭히고 가버렸으면 좋겠다.

그때 장문인은 품속에서 작은 옥병을 꺼냈다.

"해독약이야."

조금이지만 정신이 돌아왔다. 해독약이라고?

"자네가 총관을 위해 일할 때부터 눈여겨봤지. 일을 제대로 처리할 줄 알더군. 무엇보다 충성심이 있어. 이번 일이야 자네 잘못이 아니지. 이쪽에서 먼저 실수했으니까. 혹은 실수했다고 생각했고. 미리 말해두자면 난 무조건적인 충성심을 바라는 사람이 아니야. 준 만큼 받기를 원할 뿐이지. 내게 충성하겠다고 약속하면 약을 주겠네. 어떤가?"

그는 내 아내의 죽음에 대해선 한마디도 하지 않았다. 미안하게 됐다거나, 유감스러운 일이었다는 짧은 변명 한마디도 없다. 나나 내 아내나 그에게는 소모품에 불과하기 때문이리라. 필요할 때는 수하로 두고 부리고, 필요하지 않으면 버린다.

나는 눈을 감고 아내를 생각했다. 그녀의 경쾌한 걸음걸이와 활기찬 말투, 마치 남자와 같은 너털웃음을 떠올렸고 고양이처럼 예쁘장한 눈과 오동통한 볼을 떠올렸다. 눈을 떠보니 장문인은 여전히 옥병을 내밀고 있었다.

"어떤가? 이대로라면 자넨 일각도 못 견딜 거야."

나는 강호에 몸 담은 후 처음으로 울었다. 마지막 순간 내 품 안에서 부르르 떨며 죽어가던 그녀의 모습이 떠올라서. 다름 아닌 내가 그녀를 죽였다는 사실이 생각나서. 그리고 스스로 목숨을 끊지 못하는 내 인생이 구차해서 울었다.

나는 약을 받았다.

푸른
수염

현석이 화장실에 갈 때, 핸드폰을 챙겼다면 은진이 그를 의심하는 일은 없었을 것이고 당연히 그 뒤에 있었을 불쾌한 일도 피할 수 있었을 것이다. 은진이 안주로 나온 나물무침을 먹다 현석의 핸드폰에 손을 뻗은 데는 별다른 이유가 없었다. 그저 심심했을 뿐이다.

핸드폰에 잠금은 걸려 있지 않았고 메인 화면은 무미건조한 아날로그시계로, '조용히, 빨리, 깔끔하게'라는 문구가 적혀 있었다. '내 사랑 은진', '그녀를 위해 최선을' 같은 문장을 기대한 은진으로선 실망스러운 일이었다.

통화 목록을 확인하니, 화면 가득 같은 핸드폰 번호가 떴다.

010-××××-4180

누구랑 이렇게 전화를 많이 했을까? 은진은 의아했다. 통화 목록을 따라 내려가며 확인해보니, 이틀간 4180과 서른 번 이상 통화를 했다. 그에 비해 은진과는 세 번을 통화했을 뿐이다.

거래처 사람일까? 은진은 핸드폰을 노려보며 생각에 잠겼다. 현석은 문구용품 총판에서 영업 사원으로 일했다. 성실하고 인상이 좋아 거래하는 회사가 많은 편이고 그중 상당수는 필요한 물건이 있으면 휴일과 시간에 관계없이 전화를 했다. 그때마다 현석은 은진에게 양해를 구하고 밖에 나가 통화를 했는데, 그게 한 사람이라는 건 이상한 일이다.

은진은 막연한 불안감을 느끼며 문자 보관함으로 넘어갔다.

몇 시까지 올 거야?^^

첫 메시지의 내용이다. 4180이 보낸 것으로 시간은 어젯밤 열한시 이십구분이었다. 은진이 다음 메시지로 넘어가려 할 때, 가게 문을 열고 현석이 들어왔다. 은진은 현석이 카운터에 화장실 열쇠를 돌려주는 사이에 얼른 핸드폰을 제자리에 내려놓았다.

현석이 말했다.

"그럼 나갈까?"

"응. 좀 답답하다."

은진은 카드를 계산하는 현석의 얼굴을 곁눈질했다. 달걀형의 갸름한 얼굴에 눈꼬리가 처진 가느다란 눈, 잘생겼다고는 할 수 없지만 호감 가는 외모다. 특히 싱글벙글, 환한 미소가 좋았다. 하지만 지금은 현석의 미소가 왠지 가식처럼 느껴졌다.

어느새 날이 어둑어둑해져 가로등 불이 거리를 비추고 있었다. 주택가에 인접한 가게라 거리에 사람은 많지 않았다. 현석의 집은 걸어서 오 분 정도의 거리에 있었다. 금요일 밤에는 이곳에서 한잔 하고 그대로 현석의 집에 가는 것이 두 사람의 데이트 순서였다.

하지만 오늘만은 그럴 수 없었다. 은진은 팔짱을 끼려는 현석을 밀어내며 말했다.

"나 머리 아파. 집에 데려다 줄래?"

현석은 열이 있는 거냐는 둥 진작 말을 하지 그랬냐는 둥 호들갑을 떨었지만 은진의 마음은 차가웠다. 그녀는 현석의 핸드폰에서 본 번호, 4180을 외우며 생각했다.

이 번호가 여자 번호면 네 인생 끝장인 줄 알아라…….

*

은진은 집에 들어서자마자 노크도 없이 동생 방의 문을 열었다. 두 살 터울의 동생 은결이 팬티만 입은 채 모니터 화면을 뚫어져라 쳐다보다 급히 방석으로 다리를 가렸다.

"누나! 뭐야! 진짜!"

“괜찮아, 하던 거 해.”

“내가 뭘 했다고!”

“몰라, 알고 싶지도 않고.”

은진은 침대에 놓인 은결의 핸드폰을 집어 들었다. 은결은 다급하게 추리닝 바지를 입으며 말했다.

“뭐 하는 거야?”

은결은 얼마 전 제대해 석 달째 노는 중이다. 본인 말로는 취직자리를 찾는 중이라는데, 은진이 보기에 녀석이 하고 싶은 일은 백수, 하나밖에 없었다. 은진은 기회를 보다 뭐든 꼬투리를 잡아 은결을 내쫓을 계획이었다. 적당한 가격, 적당한 위치에 있는 투 룸짜리 전세를 찾느라고 온갖 고생을 다 했는데 원룸에서 살 수는 없는 일이니까.

“전화 한 통만 하자.”

은진은 대답을 기다리지 않고 4180으로 전화했다.

“진짜 매너 없네. 누나가 요금 내줄 것도 아니면서.”

“남의 집에 얹혀살면서 그게 할 소리냐? 국제전화 하면 누나 칼로 찌르겠다?”

“지금 국제전화 해? 누나 미쳤어? 나 진짜 칼 가져온다?”

은진은 조용히 하라고 입술에 손가락을 댔다. 몇 번 신호가 가다 누군가의 목소리가 들렸다. 여보세요. 초콜릿처럼 달콤하고 오리털처럼 포근한 목소리. 은진은 폭발할 것 같은 가슴을 억누르며 급히 전화를 끊었다.

은결이 말했다.

"왜 그냥 끊어?"

은진은 방으로 돌아와 화장도 지우지 않고 침대에 철퍼덕 누웠다. 어떤 여자일까? 목소리로 보아 남자깨나 홀려본 여자가 틀림없다. 평상시에는 걸걸한 목소리를 내다가 남자만 옆에 있으면 목소리 톤이 달라지는 여우. 현석이 다른 여자를 만나고 있을지도 모른다고 생각하니, 속이 부글부글 끓으면서도 무섭고 슬퍼서 견딜 수가 없었다.

작년 가을, 은진은 서울의 번화가에서 마치 운명처럼 현석과 처음 만났다. 회식이 늦게 끝난 날이었는데 화장실에서 한참 토하고 나오니 다른 직원들은 모두 집에 갔고 버스와 지하철도 끊겨 있었다. 별수 없이 택시를 타야 했지만, 은진의 집이 경기도에서도 꽤 깊숙이 들어가는 곳이라 기사들은 목적지를 듣고는 그대로 가버렸다. 은진이 집까지 걸어갈까, 엉뚱한 생각을 하며 비틀비틀 걸음을 옮길 때 누군가 말을 걸었다.

"저기, 목적지가 저랑 같은데, 합승 안 하실래요?"

깔끔한 차림새의 삼십 대 초반 남자였다. 키는 175 정도 될까, 파란색 크루 넥 니트에 검은색 면바지를 입고 가죽 크로스 백을 들고 있었다. 갸름한 턱 선은 수염 하나 없이 매끈했고, 어색한 미소에 선량함과 소심함이 동시에 묻어났다. 은진은 남자의 첫인상이 마음에 들었다.

"둘이서 나눠 내면, 돈을 좀 더 내도 괜찮을 것 같은데요."

다른 날이라면 거절했을 것이다. 하지만 그날 은진은 술에 취해 기분이 좋았다. 그녀는 호탕하게 남자의 어깨를 두들기며 오케이, 원더풀이라고 말했다. 때마침 택시가 도착했고, 남자가 택시 기사와 교섭을 했다. 결국 미터기에 찍히는 요금에 만 원을 더 주기로 하고 차에 탔다.

집으로 가는 동안 은진은 남자와 잡담을 나눴다. 처음에는 취기 때문에 아무 말이나 마구 쏟아냈지만 집에 가는 길은 멀었고 조금씩 술이 깨면서 조신하게 굴지 못한 자신의 입을 꿰매고 싶은 기분이 들었다. 이십 대 초반에는 잘생기고 늘씬한 이성이 좋지만, 나이를 먹으면 대화가 통하는 상대의 소중함을 알게 된다. 은진은 남자가 마음에 들었다. 그것도 아주 쏙 들었다. 하지만 그녀는 이미 남자에게 상사 욕에 회사 욕에 심지어 음담패설까지 늘어놓은 상태였다. 앞으로 잘될 가능성은 없다고 봐도 무방했다. 그러다 남자가차에서 내리기 전 다시 만나고 싶다며 연락처를 알려달라고 했을 때 은진은 '야호!' 하고 외치고 싶을 정도였다.

그 남자가 바로 현석이었고 그 뒤로 쭉 만나게 되었다. 처음에는 현석이 그녀의 몸을 노리고 접근했을까 싶어 쌀쌀맞게 굴었지만 얼굴이며 취미 모두 취향이라 그것도 오래가지 않았다. 현석은 나중에야 은진이 마음에 들어 접근했다고 털어놓았다. 사실은 야근 때문에 사무실로 가는 길이었는데 은진을 놓치고 싶지 않아 다시 집으로 돌아갔다는 것이다. 은진은 늦게 끝난 회식에 난생처음으로 감사했다.

그녀는 현석과 일 년 가까이 만났고 이제는 그가 없는 미래는 상상할 수도 없게 되었다. 일이 년 더 사귀다가 결혼하게 될 것이라고, 그녀는 막연히 생각하고 있었다. 하지만 이제는 잘 모르겠다. 하루가 멀다 하고 통화한 그 여자는 누굴까.

한번 의심이 시작되니 끝도 없이 이어졌다. 갑작스럽게 출장이 잡혔다고 사흘간 사라졌던 일이며, 핸드폰 배터리가 다 되었다고 밤에 전화가 안 되었던 일. 어쩌면 처음부터 양다리였을지도 모른다. 생각해보면 현석은 은진에게 직장 동료나 친구를 소개시켜준 일도 없었다. 정말 여자 친구라고 생각했다면 그럴 수 있을까? 무엇보다 4180과 통화한 횟수와 시간이 압도적으로 많다는 게 신경 쓰여 견딜 수가 없었다. 사실은 은진 쪽이 엔조이고 저쪽 여자가 진짜 연인인 건 아닐까?

은진은 벌떡 일어나 컴퓨터를 켰다. 더는 못 참겠다. 밤을 새서라도 4180이 누군지 알아내고야 말겠다.

방법은 이미 생각해뒀다. 인터넷.

검색 엔진의 힘은 의외로 강력하다. 핸드폰 번호만 쳐도 관련 문서가 몇 페이지에 걸쳐 나온다. 심지어 당사자는 오래전에 잊어버렸을 게 분명한, 게시판에 속옷 문의 글을 쓴 것까지 뜨고, 오래전에 지운 글조차 저장된 페이지라는 이름으로 볼 수 있다. 4180으로 검색하자 중고 물품 거래 카페에 쓴 글이 화면 맨 위에 떴다. 급전이 필요해 삼백만 원짜리 이태리제 고급 소파를 칠십만 원에 판다는 내용으로 가급적 차를 가져와 실어 가기를 원하고 있었다. 주소지는 강남구 청담동. 날짜를 보니 어제 올린 것이었다.

소파 하나에 삼백? 도대체 뭐 하는 애야? 청담동? 부잣집 여자앤가? 그래서 저쪽 여자에게 수십 통씩 전화하면서 더 공을 들였나? 은진은 부들부들 떨리는 손으로 다른 검색 결과를 찾았다. 소파 판매 글 아래 오래전 올린 바텐더 모집 광고가 있었다.

용모 단정한 20~25세 사이의 아가씨. 경험자 우대. 전화 문의 바람.

청담동에 있는 헤르메스라는 이름의 바Bar에서 올린 것으로 담당자의 이름은 정윤희, 전화번호가 4180이었다.

은진은 눈물이 터져 나오는 걸 꾹 참았다. 박현석, 이 나쁜 새끼, 술집 여자한테 돈 쓰고 있었구나. 얼마나 푹 빠졌으면 하루에 열 통씩 전화를 할까. 그렇게 믿었는데, 그렇게 좋아했는데. 사람을 감쪽같이 속이고 바보로 만들 생각이 들었을까.

은진은 화면을 노려보다가 충동적으로 정윤희에게 전화를 걸었다. 어떤 여자인지 만나서 이야기를 해보고 싶다. 서너 번 신호가 가고 예의 달콤한 목소리가 들렸다. 은진은 숨도 쉬지 않고 말했다.

"소파 내놓으셨죠? 제가 구입하고 싶은데. 직접 본 다음에 구입하고 싶은데 언제가 좋으시겠어요?"

토요일 아침 열시에 만나기로 약속을 잡고 은진은 전화를 끊었다. 그녀는 침대에 엎드려 조금 울었다. 밤사이 현석에게 두어 번 전화가 왔지만 받지 않았다.

*

막상 약속 당일이 되니 혼자 나갈 용기가 나지 않았다. 은진은 고등학교 동창이자 단짝 친구인 소영을 불러냈다. 그녀는 170이 넘는 키에, 철심을 박은 듯 쩍 벌어진 어깨, 빨래판으로 써도 좋을 납작한 복근을 가진 당당한 체격의 소유자로, 노스페이스 점퍼를 입고 서 있으면 인근 남고의 일진 짱처럼 보였다. 소영은 강력범을 잡겠다는 야망을 품고 경찰에 들어가 지금은 지구대 교통과에서 주차 단속을 하고 있었다. 소영은 은진에게서 사정을 듣고 큰 충격을 받았다. 소영도 현석을 몇 번 봤고, 그때마다 은진에게 남자 잘 잡았다고 칭찬했기 때문이다. 그녀는 눈을 내리깐 채 특유의 허스키한 저음으로 말했다.

"이래서 내가 연애를 안 하는 거야. 세상에 믿을 놈이 없어."

약속 장소인 헤르메스는 디자이너스 클럽 맞은편 건물 지하에 있었다. 가게 앞의 입간판은 대낮부터 반짝반짝 불빛을 쏟아냈지만 H 자 위에 '임대 가능'이라 적힌 종이가 붙어 있었다. 두 사람은 문을 밀고 바 안으로 들어갔다. 아직 영업시간이 아닌지 손님은 보이지 않았고 천장에 붙은 JBL 스피커에서는 이름 모를 여가수의 끈적끈적한 재즈가 흘러나왔다. 텅 빈 카운터에는 '스카치블루 1병 + 카스 5병 + 과일안주 = 20만 원 특가' 팸플릿이 놓여 있었다.

"소파 사러 오신 분 맞죠?"

깜짝 놀라 뒤를 돌아보니 입구 옆의 룸에 정윤희가 빗자루를 들고 서 있었다. 그녀는 은진이 생각한 것보다 늙은 여자였다. 금발로 염색한 머리는 가발처럼 푸석푸석하고, 자잘한 주름이 얼굴에 가득했다. 눈이 크고 코가 오뚝한 것이 젊었을 때는 미인 소리를 들었겠지만 지금으로서는 옛날이야기일 뿐이다.

어딜 봐도 내가 나은데. 어떻게 저런 여자랑. 은진은 치욕에 몸을 떨었다. 폐경기 직전으로 보이는 늙은 여자에게 밀렸다는 사실을 믿을 수 없었다. 차라리 예쁘기라도 하면 이해를 하지. 물론 그 경우에는 열등감에 비참했겠지만 그래도 지금보다는 기분이 나을 것 같다.

"차은진이에요."

은진은 매서운 눈으로 정윤희를 노려보며 한 자, 한 자 또박또박 말했다. 이름을 말하면 누군지 알지도 모른다는 생각에 한 말인데, 윤희의 표정에는 전혀 변화가 없었다. 그녀는 빗자루를 내려놓고 앞장서 걸어가며 손을 까딱였다.

"이리로 오세요. 소파 보여드릴게요."

삼백짜리 이태리 소파는 사진에서 보던 것보다 훨씬 예뻤다. 사진에서는 검은색으로 보였는데 막상 보니 진한 남색에 가까운 것이 모양이나 색감 모두 훌륭했다.

"완전 새것이에요. 여기 앉아본 사람 나밖에 없을걸요? 장사 잘 될 줄 알고 큰맘 먹고 샀는데 도통 손님이 와야지. 이거 칠십에 가져가면 거의 거저예요, 거저."

눈치를 보던 소영이 물었다.

"장사가 잘 안 되시나 봐요?"

윤희는 한숨을 쉬더니 말했다.

"정말 힘들어 죽겠어. 임대비 내고 애들 월급 주면 한 푼도 안 남아. 이러다 종잣돈까지 전부 잃겠다 싶어서 그만두기로 했지, 뭐. 다른 물건은 전부 업자한테 넘기기로 했는데 이건 아까워서. 이 소파에 누우면 허리가 하나도 안 아파요. 침대가 아니라 소판데도 그래. 그 정도로 좋다니까. 은진 씨가 가져가면 딱 좋겠네. 남자친구 있죠? 좋아할 거야. 아주 푹신푹신하니까."

푹신푹신하다고? 그래. 푹신푹신해 보이네. 소파에 누워 있는 현석과 윤희의 모습이 눈앞에 선했다. 은진은 입술을 깨물며 말했다.

"예쁘긴 한데요…… 가격이 좀…… 비싸네요……."

"산다고만 하면 차비는 빼줄게. 근데 빨리 결정해야 돼. 나 오늘 밤에 친구랑 마카오로 여행 가거든. 오늘 가면 다음 주에나 올 거라서 그때까지 연락 안 될 거예요."

소영이 말했다.

"친구요? 남자분인가요?"

은진은 등 뒤로 손을 뻗어 소영의 허리를 토닥였다. 잘 물어봤네, 친구. 너무 화가 난 나머지 현석이 배신자가 맞는지 확인도 안 하고 갈 뻔했다. 윤희는 수줍게 웃으며 말했다.

"응, 요새 만나는 앤데, 여덟 살 연하야. 그렇게 사람이 편하고 착할 수가 없어. 진짜 진국이야, 진국. 가게는 망했지만 남자 하나 건졌으니 됐다고 생각하려고."

여덟 살 연하라니. 나이는 대충 맞는 거 같고.

"가게에서 처음 만나셨나 봐요?"

"응. 우리 가게 단골이었는데…… 어쩌다 보니 그렇게 됐어. 처음에는 누나 동생, 하기로 했었는데 계속 보다 보니까 서로를 원하는 걸 알게 돼가지고. 아이, 처음 보는 사람들한테. 부끄럽네."

윤희는 콧소리까지 내며 부끄러워했다. 이제 남자친구 이름이 뭔지만 물어보면 되는데. 차마 입이 떨어지지 않았다. 은진은 좀 더 생각해보고 다시 연락하겠다고 말한 후 돌아섰다.

윤희가 물었다.

"그런데 자기들은 애인 있어?"

뭐라고 하지? 은진은 고민했다. 애인은 있지만 못 믿을 놈인 것 같다고 해야 하나? 아니면 이제는 애인이 아니라고 해야 하나.

소영이 먼저 말했다.

“이 친구는 있는데 전 없어요.”

“너무 걱정하지 마. 연애라는 건 느닷없이 시작되는 거니까. 정말로 느닷없다? 내가 이 나이에 갑자기 남자 만날 줄 누가 알았겠어.”

소영은 잠시 생각하다가 우울한 목소리로 말했다.

“고마운 말씀이네요. 근데 전 언니보다 젊을 때 시작하고 싶어요…….”

*

은진은 현석의 회사를 한 번도 가본 적이 없지만, 어디 있는지는 알고 있었다. 그녀는 로비에서 현석이 다니는 문구총판의 층과 호수를 다시 한 번 확인하고 엘리베이터에 올랐다. 은진의 활활 타오르는 눈을 보며 소영은 침을 꿀꺽 삼켰다.

“어떻게 하려고 그래?”

“생각 중이야.”

은진도 뭔가 계획을 가지고 이곳에 온 건 아니었다. 다만 현석에게 왜 그랬는지 묻고 싶었다. 서로 잘 맞는다고 생각했는데. 일 년 가까운 시간 동안 그렇게 잘 지냈는데. 도대체 왜? 한 가지는 분명하다. 현석이 모르는 일이라고 잡아떼면, 오늘을 평생 잊지 못할 날로 만들어주리라는 것. 회사 사람들 보는 앞에서 개망신을 주고 말리라. 너무 창피해서 이메일로 사표 쓰고 도망가게 만들어주겠다.

은진은 소영을 곁눈질했다. 10센티미터 굽의 하이힐까지 신은 소영의 위압감은 그야말로 대단해 함께 엘리베이터에 탄 사람들 모두 다 그녀를 힐끔거리고 있었다. 데려오길 잘했지. 먹성이 좋아 유지비가 많이 들어서 그렇지, 친구로서는 괜찮은 여자다. 덩치 좋은 소영이 곁에 있으면 누구도 감히 못 건드리겠지.

은진은 현석에게 전화를 걸었다. 익숙한, 하지만 가증스러운 현석의 목소리가 들렸다.

"여보세요. 은진아, 어제 어떻게 된 거야."

"내가 자느라 못 받았네. 미안해. 지금 어디야?"

"이제 점심 먹으러 가려고."

엘리베이터가 목적한 층에 멈췄다. 은진과 소영이 복도로 나갔을 때, 때마침 현석이 다니는 총판의 문이 열리고 직원들이 쏟아져 나왔다. 여러 명의 직원이 은진 앞을 지나쳤지만 현석은 보이지 않았다. 이 자식, 어디 있는 거야. 벌써 나갔나? 은진이 인상을 쓰며 두리번거릴 때, 핸드폰을 타고 현석의 목소리가 들렸다.

"점심 먹고 바로 과장님이랑 외근 나가기로 했어. 일본에서 들어온 물건이 부산에 잡혀 있어서 가서 풀어내야 돼. 주말 내내 그쪽에 있지 않을까 싶다. 그래서 어제 전화했었는데."

"과장님?"

은진은 총판 사무실의 문을 닫고 나오는 남자를 바라보며 물었다. 남자의 목에 걸린 사원증에 '과장 김민수'라는 이름이 보였다.

"응. 민수 형. 내가 몇 번 말했지? 성격 진짜 더러운 인간인데. 걔랑 주말 같이 보낼 생각 하니까 암담하다. 같이 못 있어줘서 미안해."

"내가 이따 전화할게."

은진은 전화를 끊고 김민수 과장을 향해 걸어갔다. 민수가 문을 잠그고 돌아서다가 두 사람을 보고 딱딱하게 얼어붙었다. 은진의 표정이 너무나 무서운 데다 뒤에 선 소영이 너무 컸기 때문이다. 은진은 차분하게 말했다.

"김민수 과장님이시죠?"

"그런데요?"

"직원 중에 박현석이라고 있죠?"

"누구요?"

"박현석요. 오늘 같이 부산 출장 가기로 하셨잖아요. 그 쓰레기 같은 인간, 지금 어디 있어요?"

김민수는 입을 벌린 채 멍하니 듣다 고개를 흔들었다.

"처음 듣는 이름인데요. 우리 회사 사람 맞아요?"

"감쌀 생각 마세요! 그 인간 지금 어디 있어요!"

"정말 우리 회사 직원 아닌데요. 총무부에 가서 확인해보세요. 저 오늘 부산에도 안 가는데요. 어디서 뭘 잘못 알고 오신 모양인데……."

"정말 아니에요?"

"예. 제가 왜 그런 거짓말을 하겠어요?"

김 과장의 말이 옳다. 그는 거짓말을 할 이유가 없었다. 은진은 뭐든 더 묻고 싶었지만 말이 나오지 않았다. 다른 여자를 만나는 정도의 문제가 아니라 현석이 했던 말 전부가 거짓말이었던 걸까. 그녀는 느끼지 못했지만 일순 비틀거렸던 모양이다. 소영이 은진의 팔을 잡아주었다. 김 과장은 두 사람을 번갈아 쳐다보다 조심스럽게 물었다.

"그 사람한테 뭔가 안 좋은 일이라도 당하셨나 봐요?"

"좀 그러네요."

소영이 대신 대답하며 은진을 부축해 엘리베이터로 갔다. 등 뒤에서 김 과장의 목소리가 들렸다.

"이름이 박현석이라고요? 재작년쯤 그런 청년이 잠깐 일하긴 했었는데요. 두어 달 일하다가 그만뒀는데. 그 사람이 저희 회사 이름을 팔던가요?"

은진은 민수를 돌아보았지만 아무 말도 하지 않았다. 머릿속이 백지장 같아 전혀 생각이 정리되지 않았다.

"일단 집에 가자."

소영이 은진을 엘리베이터로 이끌었다.

*

    은진은 반쯤 넋이 나간 채 바닥만 보며 걸었다. 건물 로비의 대리석 바닥. 보도블록. 러그가 깔린 택시 뒷좌석. 다시 보도블록. 나무 무늬 장판, 그리고 마지막으로 회색 마직 시트로 덮인 침대. 은진은 침대에 주저앉아 엉엉 울었다. 소영이 뜨거운 코코아를 가져왔고 은진은 그걸 조금씩 마시며 계속 울었다.

    그사이 소영은 현석의 뒷조사를 시작했다. 그녀의 별명은 홍신소영. 경찰이 될 마음을 먹은 것도 타고난 인터넷 검색 능력 탓이었다. 무엇보다 그녀는 인터넷을 통해 남의 신상을 캐는 일에 능했는데, 웹의 바다에서 두어 시간만 허우적대면 뭐든 큼직한 대어를 낚아냈다.

    소영은 지금까지 사귄 남자친구의 블로그와 싸이월드, 심지어 페이스북과 트위터 주소까지 모조리 파악하고 있었고 비밀번호까지 알아내 비밀글과 일촌 공개된 글까지 모조리 읽고, 캡처까지 해 놨다가 결정적인 순간에 엿을 먹였다. 그래서 친구들은 남자친구와 문제가 생겼을 때 꼭 소영을 찾았다. 그리고 오늘이야말로 소영이 자신의 진가를 발휘할 때였다.

    소영은 맹렬한 검색을 통해 많은 사실을 밝혀냈다. 현석은 파렴치한 사기꾼이었다. 출신 학교마저 거짓말이었고 과거에 다녔다는 회사들 대부분 존재하지 않거나, 혹 존재한다고 해도 현석은 다닌

적이 없었다.

"얘 뭐 하는 애냐? 어쩜 말한 것 중에 진짜인 게 하나도 없을 수가 있어. 존재 자체가 거짓말이잖아. 도대체 얘 왜 이런 거래…… 무슨 첩보원이야?"

소영은 은진을 돌아보며 말했다.

"너 설마 애한테 돈 빌려준 거 있니?"

은진은 퍼뜩 정신을 차리고 빈 코코아 잔을 바닥에 내려놓으며 말했다.

"삼백."

"어머, 어머, 세상에, 미쳤어. 이런 놈한테 돈을 왜 빌려줘! 돈 거래는 부모 자식 간에도 안 한다는 거 모르니?"

"금방 갚는다고 했어. 가끔 돈 빌려갔는데 그때마다 재깍재깍 갚았고."

은진은 힘없이 대답했다. 증거를 눈앞에서 보고 있는 지금도 현석이 사기꾼으로 그녀를 감쪽같이 속여왔다는 사실을 믿을 수 없었다. 그렇게 착하고 성실하던 남자가. 차라리 바람을 피운 거라면 납득하겠다. 연애 중에 양다리 걸치는 놈팡이야 한둘이 아니니까. 이해는 못 해도 납득은 한다. 죽여버리고 싶을 만큼 화가 나겠지만 무릎 꿇고 싹싹 빌면서 다시는 안 그러겠다고 약속하면, 하는 거 봐서 용서해줄 생각도 손톱의 때만큼 있었다. 하지만 여자친구에게 신분, 학적 세탁을 하는 놈은 처음 봤다. 도대체 왜? 이 경우에는 용서를 할 방법도 없다.

소영이 말했다.

"분명히 한 방에 털어 가려는 거야. 그게 아니면 왜 이렇게 공들여서 널 속이냐?"

"아냐. 나 돈 없어. 너 알잖아, 삼백이 전부야."

"넌 없어도 너네 아빠 있잖아."

"야! 우리 아빠 돈 없어! 아빠한테 돈 있으면 내가 반지하에서만 오 년을 살았겠냐? 지상으로 나온 지 이제 일 년 됐다."

"너네 집, 시골에 땅 많다고 하지 않았냐?"

은진은 지금 처지도 잊고 헛웃음을 지었다.

"그 돌산? 니 커피 값 한 달만 모아도 살 수 있어. 완전 똥값. 제발 니가 사가라. 거기 고속도로 뚫린다고 아빠가 웃돈 주고 샀다가 우리 집 쫄딱 망한 거 아냐. 시의원 두 번 출마해서 떨어지고."

현석 때문에 정신이 하나도 없는 지금도 아빠 생각만 하면 분노가 치민다. 욕심 많고 자기밖에 모르는 기회주의자. 아빠 때문에 현석처럼 착하고 성실한 남자에게 끌렸는지도 모른다. 지금에 와선 이쪽이 더 심한 악당이란 사실을 알게 됐지만.

소영이 말했다.

"이제 고속도로가 뚫리는 거 아냐? 아니면 신공항이라든가 과학벨트. 현석이란 애가 그런 정보 미리 얻고 너한테 덤벼든 거 아닐까?"

"일 년 동안이나?"

"지금 보니까 엄청 치밀한 놈인데. 꿍꿍이가 있으니까 사람을 그렇게 속였겠지."

별로 그럴 것 같진 않은데. 그래도 공항은 뚫렸으면 좋겠다. 은진이 복잡한 마음에 괴로워할 때 소영이 뭔가 생각난 듯 말했다.

"잠깐만. 그 자식 생일이 언제라고 했지?"

"1982년 7월 2일."

"이메일 보자. 거기 뭔가 있을 거야."

소영은 현석의 생년월일을 조합해 이메일의 비밀번호를 찾았다. 순서를 바꿔보고, 중간 중간 알파벳을 붙여보기도 했지만 틀린 비밀번호라는 말만 뜰 뿐이다.

"이 새끼 이거 생년월일도 가짠가?"

소영은 투덜대다 뭔가 깨달았는지 손뼉을 쳤다.

"그래. 이건 너한테 사기를 치려고 만든 메일 주소잖아. 그럼 너랑 관련된 걸 비밀번호로 썼을 거야. 그래야 헷갈리지 않으니까."

소영은 은진의 생년월일을 조합해 비밀번호를 찾았다. 여러 번 실패하다가 마침내 찾아낸 비밀번호는 바로 은진의 이름을 영문자판 상태에서 한글로 친 것이었다. '받은 편지함'에 은진과 주고받은 편지가 차곡차곡 쌓여 있었고, 가끔 증권사에서 온 메일도 있었다.

소영은 메일을 확인하고 혀를 찼다.

"얘 주식해서 돈 다 날렸다. 반 토막도 아니고 사분의 일 토막 났는데? 코스닥 잡주까지 손대서 아예 박살이 났네."

은진은 소영 옆에 서서 모니터를 바라보았다. 이름 모를 엔터테인 먼트 회사가 상장폐지되었다는 메일이 와 있었다. 현석은 휴지가 된 주식을 무려 이천 주나 가지고 있었다. 은진은 화면을 보며 분노로 부들부들 떨었다. 저기에 내 삼백도 넣었겠지? 삼백이 아깝기도 아 깝지만 이런 버러지 같은 놈에게 속아왔다는 사실이 더 화가 났다.

그때 전화벨이 울렸다. 현석에게서 온 전화였다. 은진이 전화를 받자 현석이 조심스러운 목소리로 말했다.

"이따 전화한다더니 왜 안 했어? 기다렸는데."

은진은 성질을 내려다 참았다. 아직은 때가 아니었다.

"…… 바빴어."

"아픈 건 아니고? 몸은 괜찮아?"

"그럭저럭."

잠시 침묵이 흘렀다. 은진은 입술을 깨물었다. 이 개새끼, 내가 꼭 콩밥을 먹이고야 말겠어. 그녀는 마음속으로 다짐했다.

현석이 말했다.

"다행이네. 나 지금 부산 내려가는 길이야."

"누구랑? 아, 김민수 과장님이랑?"

"응. KTX 타고 지금 내려가는 길인데, 과장님은 옆에서 주무셔. 월요일에 올라갈 것 같은데. 저녁 때 너네 회사로 갈까? 너한테 하 고 싶은 말도 있고."

은진은 너무 한심해 웃음이 다 나왔다. 지금껏 현석의 출장 때마다 다치지 말고 조심해서 다녀오라고 말한 걸 생각하면 접시 물에 코를 박고 싶을 지경이다. 은진은 간신히 말했다.

"올 때 전화해."

전화를 끊자 소영이 물었다.

"뭐래?"

"부산 간대."

은진은 팔짱을 긴 채 생각에 잠겼다. 정 마담이 오늘 마카오에 간다고 했지? 어쩌면 현석이 그녀뿐 아니라 윤희에게도 작업 중인지 모른다. 바를 판 돈을 털어 가려고. 그녀는 현석이 자신에게 접근한 이유가 궁금해졌다. 그녀는 무일푼이었다. 현석에게 빌려준 삼백이 그녀가 가진 돈의 전부다. 정말 시골의 돌산이 재개발되는 걸까? 은진은 차라리 그랬으면 좋겠다고 생각했다.

어쨌든 그건 나중 문제고 당장은 현석을 처리하는 게 급하다. 더 이상 억울한 피해자가 나오지 않도록 조치해야지. 다른 건 몰라도 삼백은 꼭 돌려받을 거야.

*

은진은 집에 전화해 동생을 불렀다. 현석이 달아날지 모른다는 걱정에서다. 동생인 은결은 고교 시절, 싸움꾼으로 인근 학교에 악명을 떨쳤다. 지금은 무기력한 백수가 되어 빈둥대지만 그래도 왕

년의 가락이 남아 있어 나름의 덩치와 박력이 있다. 남동생과 소영이 곁에 있으면 무슨 일이 있어도 안심이다. 그렇잖아도 할 일 없이 시간만 때우던 녀석이라 밥을 사겠다고 했더니 두말없이 나오겠다고 했다.

은진은 말했다.

"올 때 꼭 차 가져와라. 니가 오십 주고 산 그 똥차!"

"그 차 무서워서 안 탄다더니 왜?"

"혹시 몰라서 그래. 잔말 말고 빨리 와."

은진은 소영이 동대문 시장에서 만 원 주고 산 꽃무늬 원피스에 도수 없는 두꺼운 안경으로 변장하고 헤르메스로 향했다. 정윤희가 출발했을지도 모른다는 생각에 걱정했는데, 다행히 바의 불은 아직 켜져 있었다. 잠시 후 낡은 갤로퍼를 몰고 은결이 도착했다. 은진이 차에 타자마자 은결은 선언하듯 말했다.

"나 회 먹고 싶다."

"어, 그래. 나중에 꼭 사먹어라."

"밥 사준다며!"

"그래, 밥. 회 말고."

은결은 인상을 쓰며 뭐라 소리를 지르려다 소영이 차에 오르는 걸 보고 말을 멈췄다. 눈을 부릅뜨고 소영을 노려보는데, 어찌나 눈빛이 강렬한지 은진은 처음에 동생이 소영에게 사기라도 당했나 싶었다. 하지만 곧 눈빛이 풀리고 입이 벌어지며 헤, 소리를 내는 걸 보고 그게 아니란 사실을 알았다. 이 자식이 왜 이래? 간질에 걸렸나?

다음 순간 더욱 충격적인 일이 벌어졌다. 은결과 시선이 마주친 소영이 얼굴을 붉히며 수줍게 '안녕하세요' 하고 인사한 것이다. 평소에는 소개팅에 가서도 술부터 따르라고 잔을 내밀던 호방한 인간이 왜 이럴까? 은결이 꾸벅 인사하며 말했다.

"차은결입니다!"

은결은 벌떡 일어나려다 천장에 머리를 부딪쳤음에도 아픈 티조차 내지 않고, 소영의 손을 잡고 흔들며 이것저것 캐묻기 시작했다. 성함이 어떻게 되시는데요? 누나 친구라면 언제부터? 고등학교요? 아, 근데 왜 전 한 번도 뵌 적이 없을까요, 안타깝네요 등등. 소영은 수줍게 고개를 끄떡이며 은결의 질문에 답하기 시작했다. 분위기가 아주 좋았다. 그야말로 소개팅이 따로 없었다.

은진은 이런 타이밍에 연애를 하려는 두 연놈들이 어이가 없었지만 지금은 헤르메스 바에 집중해야 할 때였다. 현석이 오는 타이밍을 놓치면 현장을 덮칠 수 없기 때문이다. 그녀는 둘에게서 신경을 끄고 바를 뚫어져라 노려보며 현석이 오기를 기다렸다. 은진이 경찰을 부르지 않고 동생과 친구를 데리고 현장을 덮치려는 데는 나름의 이유가 있었다. 그녀는 현석에게 묻고 싶었다. 그녀에게 왜 그랬는지. 그녀를 정말로 좋아했는지. 의미 없는 질문에 불과하다는 걸 알지만 그래도 은진은 답을 듣고 싶었다. 그런 다음 감옥에 보내야지.

그사이에도 은결은 계속 소영에게 추파를 던졌다. 처음에는 어떻게든 참아보려 했지만 낯부끄럽지도 않은지 '누나 친구 중에 이렇게 예쁜 분이 있는 줄 몰랐습니다. 진짜 미인이세요'라고 하는데야 더 듣고 있을 도리가 없었다.

그녀는 창문을 '쾅!' 하고 주먹으로 때리며 소리쳤다.

"시끄럽다. 좀 조용히 해라."

차 안이 조용해졌다. 은진의 기분을 아는 소영이 자중하자며 손가락을 입에 댔다. 은결은 불만스러운 어조로 말했다.

"밥은 언제 먹어?"

"이따가."

헤르메스 바 앞에 낯익은 차량이 멈췄다. 뒷좌석이 짐칸으로 된 이인용 코란도. 현석이 차에서 내려 헤르메스 안으로 들어가는 걸 보고 은결이 고개를 갸웃거렸다.

"저거 매형 아냐?"

은진은 인상을 썼다.

"왜 매형이야. 내가 쟤랑 결혼했니? 너 다시는 그런 소리 하지 마!"

현석이 바에 들어가고 십여 분이 지났다. 아무도 나오지 않았다. 보자마자 물고 빨고 핥고 있는 걸까? 그럼 안에 들어가서 현장을 덮쳐야 하나? 그렇게까지 하기 싫은데. 은진의 마음이 무거워질 때, 헤르메스의 문이 열리고 현석이 나왔다. 그는 낑낑대며 정윤희가 중고 장터에 내놓았던 소파를 끌어내고 있었다.

은진은 소영에게 눈짓을 보내고 차에서 내렸다.

"은결이 넌 여기 있다가 내가 신호하면 튀어나와."

은결은 영문을 모르겠다는 표정이었다.

"무슨 신호?"

은진은 수신호를 몇 가지 생각하다 포기했다.

"이름 부를게."

은진은 차 문을 닫고 현석을 향해 성큼성큼 걸어갔다. 한 걸음, 한 걸음 내디딜수록 마음속의 분노와 배신감은 더해갔다. 가로등 아래 현석의 선량해 보이는 얼굴이 드러났다. 저 얼굴에 내가 속았지. 더 분통이 터지는 건 얼굴을 마주한 지금도 현석이 사기꾼이라는 사실을 받아들이기 쉽지 않다는 사실이다.

현석은 소파를 짐칸에 실으려다 은진을 보고 동작을 멈췄다. 그는 놀란 목소리로 말했다.

"은진아……."

"부산으로 출장 간다며? 근데 왜 여기 있어? 여기가 부산이야?"

"그게…… 은진아. 너 여기 어떻게 알고 왔어?"

"지금 그게 중요해? 너 회사 다닌다는 말도 다 거짓말이더라? 너희 회사 갔더니 너 같은 놈 없대. 여태껏 내가 너 하는 말이라면 예, 예, 하면서 속아 넘어가니까 기분 좋았지? 세상에 이런 병신이 또 있을까, 하고 웃었지?"

"아냐, 오해야. 그런 거 아니야."

현석은 은진의 등 뒤에 팔짱을 끼고 서 있는 소영을 보고 말을 멈췄다. 그는 한숨을 쉬며 말했다.

"소영 씨도 오셨군요. 부끄러운 모습을 보여서 죄송하네요."

소영은 코웃음을 치며 말했다.

"저한테 죄송할 건 없고요. 은진이한테나 죄송하세요."

"그렇죠. 그래야죠."

현석은 한숨을 쉬더니 마음을 정한 듯 소영을 똑바로 쳐다보며 말했다.

"그래서 말인데 잠깐 자리를 비켜주시면 안 될까요. 은진이한테 할 말이 있어서 그럽니다."

소영은 어쩌면 좋을지 코치를 구하듯 은진을 곁눈질했다. 은진은 더 참지 못하고 소리쳤다.

"무슨 자리를 비켜. 소영아, 여기 있어. 야, 박현석. 넌 이 상황에서도 변명할 생각이 드니? 무릎 꿇고 살려달라고 빌어야 되는 거 아냐? 정윤희 어디 있어? 그 여자한테도 네가 어떤 놈인지 말해줘야 되는데."

"그 사람 여기 없어."

"무슨 소리야. 너랑 여행 가기로 했잖아."

은진은 바 안으로 뛰어 들어갔다. 가게는 오전에 봤을 때와 완전히 달랐다. 벽지며 바닥은 보기 흉하게 뜯겨 나갔고 테이블과 의자는 모두 들어낸 후였다. VIP룸 역시 텔레비전을 뜯어낸 자국만 있을 뿐, 아무것도 남아 있지 않았다.

현석이 뒤따라오며 말했다.

"그 사람 오늘 어디 놀러 간다고 하던데. 마카오라던가."

"너랑 가기로 했잖아."

"나랑 거길 왜 가. 애인이랑 가야지. 난 가게 정리하러 온 거야. 다른 건 낮에 다 치웠는데 소파가 남아가지고. 비싼 값에 팔 수 있을 것 같아서 내가 샀거든."

"무슨 정리? 너희 회사서 그런 일도 하니? 문구류 파는 회사라며. 그런데 망한 술집 정리해? 너 회사 사람들 모르게 계열사 차렸니?"

"알아볼 만큼 알아본 모양이구나."

현석은 차분하게 말했다.

"사실 그 회사 안 다녀. 전에 잠깐 다니긴 했는데 그만뒀어. 지금은 아는 형 도와서 폐업한 가게들 정리하는 일 하고 있어."

"그러셨구나. 근데 왜 나한테는 회사 다닌다고 했어? 회사 그만둔 걸 까먹었어?"

"창피해서. 너랑 처음 만났을 땐 집에서 놀고 있었거든. 취직은 안 되고 되는 대로 대충 사는데 널 만난 거야. 너한테 잘 보이고 싶은데, 뭐 하나 잘하는 게 없으니까 정말 갑갑하더라. 차마 백수라고 말할 수가 없어서 잠깐 다닌 직장 이야기를 한 거야. 너 만나면서 계속 미안하고 죄스러웠다. 내가 이래도 되나, 너한테 정말 이러면 안 되는 거 아닌가 하고."

"그러면서도 잘도 거짓말 치셨네요?"

"말할 용기가 안 나서 그랬어. 네가 날 더 보지 않으려고 할 것 같아서. 그래서 나 정말 열심히 살았어. 너한테 부끄럽지 않은 사람이 되려고."

"지금 그 말을 나더러 믿으라는 거야?"

"정말이야. 지금 하는 일이 어느 정도 자리를 잡으면 너한테 말하려고 했어. 그동안 출장 다닌다고 했던 거, 전국 돌면서 폐업한 가게들 정리하느라 그랬어."

"그러셨겠지."

은진은 차갑게 말하려 애썼지만, 힘이 빠지는 건 어쩔 수 없었다. 그녀는 자신이 현석을 정말로 좋아했다는 사실을 깨달았다. 그래서 경찰을 부르지 않고 구질구질하게 동생, 친구와 함께 여기 와 있는 거겠지. 풀이 죽어 지금까지 숨겨온 속내를 털어놓는 걸 듣고 있자니 한심함보다 안타까움이 컸다. 바보같이. 그런 걸 왜 속여서.

"죽어라 일했더니 돈은 좀 벌리더라. 주식으로 두 배, 세 배 만들어서 너한테 청혼하려고 그랬는데…… 다 날렸지 뭐니. 이래 가지고 언제 너한테 제대로 고백할까 고민이 많았는데 일이 이렇게 되는구나. 하긴 이런 비밀이 오래갈 리 없지. 정말 미안하고 할 말이 없다. 근데 나 정말 바람피운 적 없어. 항상 네 생각만 했어."

현석이 뭐라고 말을 하려다 그만두었다. 은진은 턱을 까딱였다.

"뭔데? 할 말 있으면 해."

"할 말이 있었는데, 하려고 보니까 딴 거짓말이 생각나서."

"무슨 거짓말? 말해. 어차피 다 끝났어. 나 너 감옥 보낼 거야."

"사실 나 대학도 속였어. 너랑 너무 차이 나는 대학인 거 같아서, 살짝 더 좋은 대학으로……."

은진은 더 참지 못하고 소리쳤다.

"인간아. 그게 대체 무슨 의미가 있니. 그리고 넌 내가 좋은 대학 나왔으면 좋아하고, 안 좋은 대학 나왔으면 싫어할 사람으로 보였니?"

"네가 아니라 내가 신경 쓰였어. 너한테 어울리지 않는 사람 같아서. 너한테 떳떳하고 싶어서 거짓말을 쳤는데, 그러다 보니까 진짜 부끄러운 인간이 되어 있더라. 그래서 이번에 너 만나면 솔직하게 털어놓고 처분을 기다리려고 했는데, 좀 많이 늦었네. 정말 미안해. 내가 할 말이 없어."

"할 말이 없긴 뭐가 없니. 여태 잘만 떠들어놓고. 그래서 하고 싶은 말이 뭔데? 그거나 말해봐."

"이렇게 되고 나니까 차라리 잘됐다 싶어. 진작 이야기할걸…… 근데 나 정말 너 사랑해. 그것만은 믿어줬으면 좋겠어. 한 번만 더 기회를 줘. 앞으로 절대 거짓말 안 하고, 정말 너한테 최선을 다할게."

"흠."

은진은 코웃음을 쳤지만 말을 잇진 못했다. 현석은 진심이라는 듯 눈을 크게 뜬 채 은진을 바라보고 있었다. 쿵, 쿵, 은진의 심장박

동이 빨라졌다. 믿어도 될까. 믿어야 할까. 소영이 은진의 귓가에 속삭였다.

"야, 너 정신 차려. 너 설마 쟤 거짓말에 넘어가려는 거니?"

은진이 대답하지 않자 소영은 현석을 노려보며 말했다.

"박현석 씨, 이름은 진짜예요? 해병대 나온 건 맞고요? 사실은 면제 아니에요?"

"그건 진짭니다. 전역증 보여드릴까요?"

현석은 억울하다는 듯 지갑을 꺼내려고 했다. 은진이 말했다.

"진짜 제대로 할 수 있어?"

소영은 한숨을 쉬었다. 넘어갔네, 넘어갔어. 은진은 너무 착해서 문제였다. 겉보기에는 차가운 도회 아가씨처럼 보이지만 실제로는 마음이 여리고 정이 많다. 전에도 개차반 같은 남자친구를 만나 엄청 고생했는데, 이제는 수상쩍은 사기꾼마저 용서해주는구나. 완전 관세음보살이라니까. 호구의 삶을 타고났어.

하지만 여기서 잘못된 선택이라고 말해봐야 욕이나 먹을 걸, 소영은 오랜 경험을 통해 잘 알고 있었다. 연애 문제는 온전히 본인들의 몫이다. 소영은 은진과 현석이 서로를 꼭 끌어안는 걸 보고 조용히 가게를 빠져나왔다. 차에 타자 은결이 말했다.

"누나, 안에서 뭐 해요?"

"연애질요. 그건 됐고요, 혹시 곱창 좋아해요?"

"좋아하죠. 없어서 못 먹는데요."

"근처에 끝내주는 곱창집 있는데 거기나 가요."

"저야 좋지만 누나는……."

은결이 바에 시선을 줄 때, 은진과 현석이 나왔다. 현석이 소파를 짐칸에 싣고, 은진을 위해 조수석의 문을 열었다. 두 사람이 차에 타는 걸 보고 소영이 말했다.

"현석 씨랑 할 말 많아서 못 갈 거예요."

*

캄캄한 도로에 차량은 거의 없었다. 은진은 무뚝뚝한 표정으로 조수석에 앉아 창밖을 보았다. 도로 양편으로 희끄무레하게 화훼 농원이 보였다. 은진은 마지막으로 꽃을 선물받았던 게 언제인지 생각했다. 막상 한 번 더 기회를 주기로 결정하니 그동안 서운했던 일이 하나둘 떠오르기 시작했다. 은진은 너무 쉽게 용서해줬다고 스스로를 자책했다. 눈치를 보던 현석이 왼손을 뻗어 은진의 팔을 꼭 잡았다.

"정말 미안하고 정말 고마워. 앞으로 잘할게."

은진은 일부러 싸늘하게 말했다.

"말만 하지 말고 잘해. 이번 결정 후회하지 않게."

"그럼. 잘할 거야. 진짜로."

현석은 스스로에게 맹세하듯 말했다. 그리고 잠시 침묵이 흘렀다. 은진은 현석의 옆모습을 곁눈질하며 생각했다.

'이 자식, 바보 아냐?'

앞으로 잘하겠다고 했으면 무슨 말이든 해서 여자친구 마음을 풀어주려고 해야지, 구국의 결단이라도 내린 표정으로 앞만 바라보면 어떡하나. 하지만 현석의 분위기로 보아 집에 도착할 때까지 한마디도 안 할 게 분명했다. 어쩔 수 없이 은진이 먼저 말을 꺼낼 수밖에 없었다.

"그래서 요 몇 달 무슨 일을 했던 거야?"

현석은 그제야 입을 열었다.

"문 닫는 가게들 인테리어 뜯어다가 리폼해서 팔았어. 선배 하나랑 같이 일했는데, 나한테 좋은 물건 찾는 눈썰미가 있더라고. 정윤희 씨랑 계속 통화했던 것도 가격 정하느라고 그랬던 거야. 거기 나름 괜찮은 가구가 많았거든. 다른 건 점심에 가서 다 뜯어서 팔았는데 저 뒤에 있는 소파는 좀 탐이 나가지고 내가 따로 사기로 한 거야. 너희 집에 놓으면 딱 좋을 것 같아서."

은진은 짐칸에 실린 소파를 곁눈질했다. 그녀도 비슷한 생각을 하긴 했다.

"그럼 우리 집에 놓고 갈 거야?"

"무슨 소리야. 세척부터 해야지. 업소에서 쓰던 건데. 더러운 게 묻었으면 어떡해. 내가 세척한 다음에 갖다 줄게."

현석이 갑자기 핸들을 꺾어 불 꺼진 주유소 앞에 차를 댔다.

“왜 그래?”

“나 잠깐 화장실 좀. 미안.”

현석은 차에서 내려 캄캄한 주유소 건물로 뛰어갔다. 이번에는 핸드폰을 잊지 않고 챙겼다. 은진은 차에 홀로 앉아 오늘 있었던 일을 곱씹었다. 현석을 용서한 게 과연 잘한 일일까. 괜한 짓이 아니었을까. 다 끝난 관계를 억지로 잡고 있는 게 무슨 의미가 있을까. 은진은 문득 정윤희를 떠올렸다. 산전수전 겪어본 그녀라면 괜찮은 충고를 해줄지도 모른다. 은진은 충동적으로 윤희에게 전화를 걸었다. 하지만 그녀는 전화를 받지 않았다. 은진은 전화를 끊으려다 어디선가 희미하게 핸드폰 벨 소리가 들린다는 사실을 깨달았다.

은진은 핸드폰을 내리고 뒤를 돌아보았다. 벨 소리는 짐칸에서 들려오고 있었다. 은진은 핸드폰을 손에 든 채 차에서 내렸다. 바람이 차가웠다. 트럭 한 대가 맹렬한 속도로 은진 옆을 스쳐 지나갔다. 그녀는 짐칸에 실린 소파로 다가갔다. 핸드폰 벨 소리가 점점 커졌다. 은진은 잠시 망설이다 난간 위에 한쪽 발을 걸치고 손을 뻗어 쿠션을 들췄다. 파랗고 빨간 불빛이 반짝이는 핸드폰이 보였다. 그리고 피로 물든 손! 반지를 낀 주름진 손이 핸드폰을 꼭 쥐고 있었다.

은진은 깜짝 놀라 뒤로 물러서려다 미끄러졌다. 팔과 무릎이 아스팔트에 쓸렸지만 아프지 않았다. 그녀는 급히 일어나 차로 뛰었다. 문을 잠그고 생각에 집중하려 애썼다. 심장이 터질 것처럼 쿵쿵 대며 뛰었다. 방금 본 광경이 믿기지 않았다. 그녀는 짐칸을 돌아보았다. 이태리제 이인용 소파는 여전히 그 자리에 있었다. 시체를 숨긴 채.

현석은 바람둥이도 사기꾼도 아니었다. 아니, 바람둥이고 사기꾼이며 또한 살인범이다. 죽지 않으려면 여기서 나가야 한다. 은진은 차에서 내리려다 맞은편에서 현석이 걸어오는 걸 발견했다. 현석의 무표정한 얼굴을 보니 다리에 힘이 풀렸다.

그녀는 다시 자리에 앉았다. 백미러를 통해 현석이 걸어오는 것이 보였다. 은진은 호흡을 가다듬었다. 일단 집에만 도착하면 된다. 무슨 핑계를 대서든 현석을 보내고 경찰에 신고해야지.

현석이 짐칸 앞에서 걸음을 멈췄다. 다시 심장이 쿵쿵대기 시작했다. 소파에 흔적이 남았나? 쿠션이 움직여서 시체가 보이나? 은진은 겁에 질렸다. 지금이라도 도망치는 게 낫지 않을까? 하지만 얼마 못 가 잡힐 게 분명했다.

맞다, 전화. 지금 경찰에 신고해야지. 그녀는 핸드폰을 찾아 주머니를 뒤졌다. 그런데 핸드폰이 보이지 않았다. 그때 문이 열리고 현석이 차에 올랐다.

"많이 기다렸지?"

목소리가 나오지 않았다. 현석의 얼굴을 똑바로 바라볼 용기도 나지 않는다. 은진은 앞을 보며 고개를 끄떡였다. 현석이 콜라 캔을 내밀며 말했다.

"마셔. 자판기 있어서 샀다."

"고, 고마워."

은진은 캔을 받아 가슴에 꼭 안았다. 차가웠다. 떨리는 마음이 조금이지만 진정됐다. 현석이 차를 몰며 말했다.

"우리 화해도 했는데 술 한잔 해야지. 어디로 갈까?"

"나 몸이 안 좋아서. 오늘은 그냥 집에 들어갈래."

"몸 많이 안 좋아?"

"응."

현석은 무심한 눈으로 은진을 쳐다보다 턱짓을 했다.

"그런데 무릎은 왜 그래? 피나는 거 아냐?"

"어머, 언제 이렇게 됐지?"

은진은 몰랐던 일인 것처럼 호들갑을 떨었다. 현석은 은진을 물끄러미 바라보다 말했다.

"글러브 박스에 휴지 있으니까 닦아. 병원에 가야 하는 거 아냐?"

은진은 휴지를 꺼내 무릎에 대고 눌렀다.

"아냐, 괜찮아. 그냥 긁힌 거야, 긁힌 거. 집에 들어가면 약 있으니까……."

"많이 다친 것 같은데."

현석이 상처를 자세히 보려는 듯 은진 쪽으로 몸을 기울였다. 뱀처럼 차가운 눈빛. 끈적끈적한 입김. 은진은 목덜미에 소름이 돋는 것을 느끼고 치맛말기를 끌어내리며 소리쳤다.

"별거 아니라니까!"

"알았어. 그럼 집에 가자. 집에 들어가면 바로 자. 약 꼭 챙겨 먹고. 알았지?"

들어가자마자 신고할 거다, 이놈아. 은진은 속으로 대꾸했다. 이런 걸 남자친구라고 믿고 있었으니…… 심지어는 용서할 테니까 앞으로 잘하라는 말까지 했으니……. 은진은 자신의 입을 꿰매버리고 싶은 심정이었다. 내가 미친년이지. 제정신이 아닌 걸 알았으면 바로 신고했어야 했는데, 무슨 영광을 보겠다고…… 용서는 예수님이나 하는 거지. 사람이 할 일이 아닌데…….

은진은 자괴감과 공포에 빠져 허우적대다가 문득 창밖을 보고 차가 어두컴컴한 산길로 접어들었음을 깨달았다. 그녀는 놀라서 현석을 돌아보았다.

"지금 어디 가는 거야?"

현석은 은진을 돌아보았다. 그는 은진의 핸드폰을 흔들며 담담하게 말했다.

"이거 네 핸드폰 맞지? 밖에 떨어져 있더라."

은진은 말문이 막혔다. 현석이 말했다.

"윤희랑 통화했던데. 소파 안에 있는 거…… 봤니?"

은진이 대답하지 못하자 현석은 유감스러운 듯 고개를 흔들었다.

"봤구나? 안타깝네."

*

소영은 주인아줌마에게 손을 흔들며 말했다.

"아줌마! 여기 천엽이랑 간이랑 서비스 더 주세요."

주인아줌마가 서비스 주다가 기둥뿌리 뽑히겠네, 하고 말하고픈 우울한 얼굴로 천엽과 간을 가져다주었다. 은결이 눈치를 보며 말했다.

"우리 서비스만 너무 많이 먹는 거 아닌가요? 아줌마가 기분 안 좋은 것 같은데."

"괜찮아요. 저희 지구대 회식 항상 여기서 해요. 우리가 매상 얼마나 많이 올려주는데요. 다들 엄청 먹거든요."

소영은 간을 우적우적 씹다가 문득 생각난 듯 수줍게 덧붙였다.

"아, 저는 많이 안 먹어요. 다이어트 때문에."

은결은 소영의 빈 잔에 술을 따라주며 물었다.

"근데 아까 매형이랑 누나랑 뭔 일이에요? 싸웠어요?"

"아주 많이 싸웠죠."

"화해는 한 거예요?"

"화해 비슷한 걸 하긴 했는데, 안 하는 게 낫지 않았을까 싶네요. 그놈의 정이 뭐라고. 자, 그 사람들 일은 그 사람들이 알아서 하라고 하고, 우리는 술이나 한잔 마셔요. 자, 한 잔 쭉."

은결은 엉겁결에 원샷을 하고 잔을 내려놓았다. 소영은 남은 술

을 전부 은결의 잔에 따르고 소주 한 병을 추가로 주문했다. 은결은
말했다.

"근데 매형 거기서 뭐 하던 거예요? 그 소파는 뭔데요?"

"내가 말하긴 좀 그렇고요. 나중에 은진이한테 직접 들으세요.
은진이가 이야기를 한다면 말이지만."

"근데 좀 이상하던데."

"뭐가요?"

"전에는 전국 번호판 썼거든요? 근데 아까 보니까 서울 23이더
라고요. 갑자기 번호판이 옛날 걸로 바뀔 수가 있나?"

소영은 얼굴을 찌푸렸다. 확실히 이상한 일이다. 과거에는 번호
판에 자동차 등록 지역을 표시했지만 2004년 법 개정 이후 차종
기호와 용도 기호만 남겨두고 지역 표기를 삭제했다. 차량 번호가
갑자기 옛날 것으로 돌아갈 이유가 없다.

"차는 똑같은데 번호만 바뀌었다고요?"

"예. 그러니까 이상하죠."

소영은 품속에서 경찰용 PDA를 꺼내며 말했다.

"혹시 차량 번호 기억나요?"

*

산 중턱의 공터에 차가 멈췄다. 밤하늘은 구름 한 점 보이지 않

았고, 초승달이 희미하게 빛을 뿜어내고 있었다. 현석은 차에서 내려 소파를 바닥으로 옮겼다. 그는 소파에 털썩 주저앉아 손바닥으로 옆자리를 톡톡 두들기며 말했다.

"자, 여기 앉아봐. 우리 이야기 좀 하자."

은진은 딱딱하게 얼어붙어 차 옆에 가만히 서 있었다. 현석이 이렇게까지 화끈하게 미친놈일 줄은 상상도 못했다. 도망치고 싶은 마음이 굴뚝같지만, 그래 봐야 얼마 가지 못해 잡힐 거란 사실을 알고 있었다. 승용차로 산길을 이십여 분 달려 도착한 외진 곳이다. 오는 내내 인가人家 하나 보지 못했다. 하이힐을 신은 발로 뛰어봐야 금세 따라잡힌다. 현석은 말했다.

"괜찮아. 해치치 않을 테니까."

캄캄한 밤. 인적 끊긴 산중에서 시체가 든 소파에 살인범과 단둘이 있고 싶은 여자는 세상 어디에도 없다. 하지만 은진에게 선택의 여지는 없었다. 소파에 앉자 엉덩이에 무언가 딱딱한 것이 배겼다. 은진은 엉덩이를 옆으로 움직이며 쿠션 아래 무엇이 들어 있는지 잊으려고 애썼다. 현석이 발꿈치로 흙바닥을 툭툭 건드리며 말했다.

"내가 제일 좋아하는 장소야. 사람들이 거의 오질 않아서 작업 도중에 방해받을 염려도 없고, 흙이 부드러워서 땅 파는 데 시간도 얼마 안 걸리거든."

목덜미를 타고 땀이 흘러내렸다. 은진은 꿀꺽 침을 삼켰다. 미친 새끼가 무슨 소리야. 땅을 왜 파. 여태 죽인 여자가 도대체 몇 명일까? 나도 죽여서 여기 묻겠다는 뜻일까? 그녀는 두 손으로 핸드백을 꼭 쥐었다. 조금 전 현석에게 받은 콜라 캔이 손에 잡혔다. 이게 짱돌이면 좋을 텐데.

현석이 말했다.

"널 보고 새사람이 되어야겠다고 생각한 건 진심이야. 내가 전에는 뭐랄까 좀 막살았거든. 언제 경찰에 체포되어도 상관없다고 생각했지. 그런데 널 보고 마음을 바꿨어. 이제 제대로 살아야겠다고. 근데 그동안 흥청망청 살았더니 돈이 있어야 말이지. 그나마 벌어둔 돈은 주식으로 날리고. 그래서 이 여자까지만 작업하고 그 돈으로 결혼 자금 마련해서 너한테 청혼할 생각이었는데."

"너 무슨 소린지 잘 모르겠어. 지금이라도 청혼하면 되잖아."

은진은 억지 미소를 지으며 간절하게 말했지만 현석은 속지 않았다. 그는 어두운 하늘을 바라보며 스스로에게 말하듯 중얼거렸다.

"누구나 감추고 싶은 비밀이라는 게 있잖아. 연인 사이라면 서로 지킬 건 지켜줘야 한다고 생각하는데. 옛날 애기 중에 그런 거 있지?「푸른 수염」인가? 걔가 외출할 때 아내한테 그랬다며. '이 방문은 절대 열지 마시오'라고. 그런데 아내가 말을 안 듣고 문을 열고. 비극적 결말이 시작되잖아."

「푸른 수염」 결말이 비극적이었나? 여자 오빠들이 연쇄살인범을 죽이고 끝나지 않았었나? 은진이 기억을 떠올리려 애쓸 때, 현석이 소파를 어루만지며 말했다.

"이 소파도 진짜 너 주려고 그랬는데."

사람 죽인 소파를? 은진은 토하고 싶은 걸 참았다. 그때 현석이 다른 손을 주머니에 넣었다. 칼이라도 꺼내려는 걸까? 은진은 겁에 질려 급히 현석의 팔을 잡으며 다급하게 말했다.

"나 잘 쓸게. 우리 사이 아직 안 끝났잖아. 우리 과거는 잊고 미래를 보자. 나 너한테 잘할게. 자신 있어. 네가 어떤 사람이든 나 상관 안 해. 내가 좋아하면 그만이지."

"진짜?"

"정말. 나 너 하는 일도 같이 할 수 있어. 사랑하는데 뭘 못 하겠어. 우리 같이 땅 팔까?"

현석의 입꼬리가 살짝 올라갔다. 그는 선량한 미소를 지으며 주머니에서 천천히 손을 뺐다. 다행히 손에 아무것도 들고 있지 않았다. 은진은 마음속으로 안도의 한숨을 내쉬었다. 현석이 말했다.

"미안해. 네가 그런 생각인 줄 몰랐어. 내가 너무 심각하게 생각했나 봐. 비 온 후에 땅 굳는다고 이번 일로 우리 사랑은 더욱 강해지는 거야. 알겠지?"

"그럼."

현석이 키스를 하려는 듯 입술을 내밀었다. 은진은 슬그머니 고개를 돌리며 일부러 쾌활하게 말했다.

"잠깐, 나 목 말라서. 음료수 좀 먹고."

"어? 그래."

현석은 쑥스러움을 감추려는 듯 헛기침을 했다. 은진은 핸드백에서 아까 받았던 콜라 캔을 꺼내 뚜껑을 땄다. 현석과 이야기하는 내내 열심히 캔을 흔들었다. 뚜껑을 따는 순간 거품이 뿜어져 나와 현석의 얼굴을 강타했다. 현석이 신음을 흘리며 얼굴을 부여잡았다.

은진은 벌떡 일어나 수풀 사이의 산길로 뛰었다. 마지막 순간, 현석이 손을 내밀어 은진의 가방을 잡았다. 은진은 현석이 잡아당기는 대로 끌려가다 가방을 놓고 다시 뛰었다. 중심을 잃은 현석이 바닥을 나뒹굴었다.

은진은 하이힐을 벗어 손에 쥐고 비탈길을 따라 내려갔다. 돌멩이며 나뭇조각을 밟을 때마다 발바닥이 아팠지만 지금은 이것저것 따질 상황이 아니었다. 현석에게 잡히면 죽는다. 그나마 달이 떠서 다행이나. 깜깜한 나무숲이 옆을 스쳐 지나갔다. 얼마나 달렸을까, 은진은 축축한 바위를 밟고 미끄러져 바닥을 떼굴떼굴 굴렀다. 나뭇등걸에 등을 부딪치고 간신히 멈췄지만 몸이 어찌나 아픈지 움직일 수가 없었다.

쿵, 쿵. 발소리가 들렸다. 현석이 그녀가 미끄러진 바위 위에 서 있었다. 희미한 달빛을 통해 현석의 실루엣이 보였다. 숨을 몰아쉬는지 살짝 어깨가 들썩이고 입으로는 연신 뭐라고 중얼거리고 있었다.

죽일 년이 어디서…… 사람을 뭘로 보고…… 감쪽같이 속이려고 들어…….

지금껏 한 번도 들은 일이 없는 쉿소리가 섞인 저음의 목소리. 저게 현석의 진짜 모습일 것이다. 은진은 목덜미에 소름이 돋는 걸 느꼈다. 그녀는 겁에 질려 미동도 하지 않고 현석이 지나가길 기다렸다. 아침까지만 버티면 된다. 해가 뜬 다음 산을 내려가 경찰에 신고하면 된다.

그때 핸드폰 벨 소리가 들렸다. 빅뱅의 〈거짓말〉. 몰랐어. 이제야 알았어. 네가 필요해. 경쾌한 음악이 정적을 깼다. 은진의 핸드폰 벨 소리다. 현석은 은진의 핸드폰을 꺼내 귀에 댔다. 액정 조명을 통해 현석의 얼굴이 드러났다. 오른손에는 날이 선 나이프를 꼬나 쥔 채 선량한 미소를 짓고 있는 그의 모습은 무척이나 기괴해 보였다.

"여보세요."

현석은 평상시처럼 쾌활하게 말했다.

"아, 은결이구나. 누나? 지금 술 먹고 뻗었는데. 집에 데려가는 길이야. 할 말 있으면 내일 하는 게 낫겠는데? 무슨 일인데 그래? 별거 아니야? 그래. 그럼 나중에 얘기해."

현석은 핸드폰 폴더를 닫으며 투덜댔다.

"남매가 쌍으로 지랄이구만."

그는 산길을 따라 내려가려다 동작을 멈추고 핸드폰을 쳐들었다. 액정 불빛이 마치 손전등처럼 주위를 비쳤다. 그는 핸드폰 불빛으로 비탈길 아래쪽으로 샅샅이 살폈다. 불빛이 반원을 그리며 은진 가까이 다가왔다. 은진은 겁에 질렸지만 다리에 힘이 풀려 일어설 수가 없었다. 불빛이 은진을 비추기 직전, 액정의 불빛이 나갔다. 현석이 폴더를 닫았다가 다시 열었다. 은진은 입술을 깨물었다. 지금이 아니면 도망칠 수 없다. 그녀는 벌떡 일어나 수풀을 해치고 미친 듯이 내달렸다.

현석이 소리를 지르며 뒤를 쫓아왔다.

"차은진!"

캄캄한 숲속에 현석의 목소리가 메아리쳤다. 은진은 겁에 질려 뒤를 돌아보았다. 현석은 허연 안광을 번뜩이며 그녀를 향해 손을 뻗고 있었다. 은진은 비명을 질렀다. 현석이 막 머리채를 잡으려는 순간, 은진은 발을 헛디뎌 아래로 몸이 푹 꺼졌다. 그녀는 몇 바퀴를 구르다가 비탈길 아래 도로로 튕겨 나갔다. 은진은 대자로 뻗었다. 이제는 때려죽여도 못 일어나겠다. 어둠 속에서 현석이 나타났다. 그는 쓰러진 은진을 내려다보며 말했다.

"날 사랑한다는 말은 거짓말이었니?"

은진은 헛웃음을 지었다. 이 상황에서 이런 말이 나오나. 그녀는 악을 썼다.

"당연하지. 너 미친놈이잖아, 이 살인마야!"

"가슴이 찢어지는구나. 가슴이 찢어져."

현석이 은진의 가슴을 노리고 나이프를 번쩍 쳐들 때, 수풀을 헤치고 은결의 똥차가 튀어나왔다. 차는 그대로 현석을 들이받고 나무에 부딪친 채 멈췄다. 차 문이 열리고 소영과 은결이 내렸다. 소영이 헐레벌떡 뛰어와 은진을 부축했다.

"은진아, 괜찮니? 나 보여? 나야, 나. 소영이. 혹시나 해서 와봤더니 이게 뭐니."

은결이 옆에 서 119에 전화했다. 소영은 은진의 머리에 묻은 피를 닦아주며 사정을 설명했다. 현석의 차적을 조회하니, 대포차라는 결과가 나와 핸드폰 위치 추적을 통해 이곳까지 찾아왔다고 했다. 은진은 정신이 없어 소영이 하는 말을 하나도 이해하지 못했다. 단지 살아남았다는 안도감에 소영을 안고 엉엉 울었다.

피투성이가 된 채 쓰러진 현석이 엉금엉금 기어왔다. 정강이가 엉뚱한 방향으로 휘어 있는 걸로 보아 다리가 부러진 모양이다. 녀석은 은진에게 손을 내밀며 뭐라 말했다. 목소리가 떨려 잘 들리진 않았지만 너무 아프다고, 사귀었던 정을 생각해서 도와달라고 말하는 것 같았다. 은진은 그 얼굴에 퉤, 하고 침을 뱉었다. 그러고 나니 기분이 조금 좋아졌다. 멀리서 사이렌 소리가 들리기 시작했다.

거름구덩이

별 하나 뜨지 않은 밤이었다. 나는 곡괭이를 다리 사이에 끼우고 곱은 손가락을 문질렀다. 땅이 언 데다 나무뿌리며 돌멩이가 박혀 있어 밤새 악전고투를 벌이고도 한 자를 팠을 뿐이다.

모닥불 옆에 사부가 누워 있었다. 흐릿한 눈동자. 반쯤 벌린 입. 부서진 두개골 사이로 검붉은 핏덩어리가 보인다. 이런 말을 해도 될지 모르지만 참 멍청한 얼굴로 죽었다. 이왕 죽는 거, 멋있는 표정이라도 지을 것이지. 나는 거적때기로 사부의 밉살맞은 얼굴을 가렸다. 빌어먹을 영감태기, 호강시켜주겠다고 큰소리치더니 이 꼴이 뭐야?

사부를 만난 건 열흘 전이었다. 여느 때처럼 시장을 돌며 남의 전대를 슬쩍하던 중이었다. 풍채가 당당한 노인이 거리를 걷고 있기에 슬그머니 등 뒤로 다가가 품속에 손을 넣어봤더니 단도에 갈고리, 표창 같은 흉악한 물건만 잔뜩 들어 있었다. 무림인을 건드렸다는 사실을 깨달았지만 내친김이다 싶어 단도 한 자루를 빼서 도망가려다 목덜미를 잡혔다.

죽도록 맞을 줄 알았는데 영감은 내 눈썰미와 배짱이 대견하다며 자신의 제자가 되지 않겠냐고 물었다. 처음에는 나를 꼬드겨 먼 곳에 팔려는 줄 알고 겁을 먹었지만 노인의 명호를 듣고 그렇지 않다는 사실을 알았다.

금룡대협金龍大俠 장사철! 강호에 명성이 뜨르르한 특급 고수가 아닌가. 노인이 농담을 하는 게 아니란 사실을 안 순간, 나는 당장 넙죽 엎드려 '사부님!'을 외쳤다. 내게 온 행운이 믿어지지 않았다. 내가 무림인이 되다니…… 고수가 되어 강호를 종횡하면 돈이 하늘에서 떨어지고 여자가 줄을 설 거다.

하지만 웬걸, 내게 그런 복이 있을 리가 없지.

자칭 무림 제일의 천재, 독학으로 천하 무공의 십의 칠팔을 달통했다고 큰소리치던 사부는 칼을 맞고 어이없이 죽어버렸고 내가 배운 거라곤 숨 쉬는 방법밖에 없었다. 이래 가지곤 금룡대협의 제자라고 말해봐야 비웃음이나 살 게 뻔하다.

그런 말이라도 할 수 있으면 다행이다. 그보다는 머지않아 사부를 따라갈 가능성이 높다. 내 손이 떨리는 건 추워서만은 아니다.

사부는 어젯밤에 죽었다.

한밤중에 오줌을 싸러 나왔다가 그 사실을 알았다. 식당이 온통 피바다였다. 나무 탁자는 반으로 잘려 있었고 술과 요리는 피로 범벅이 되어 바닥에 널려 있었다.

처음에는 적의 기습이라고 생각했다. 사부의 적이 누군지는 모르지만, 무림인이라면 누구나 적은 있는 법이니까. 그때 복도에서 누군가의 구슬픈 비명 소리가 들렸다. 나는 순간 바지에 오줌을 지렸다.

그냥 방으로 돌아갈까? 나는 축축해진 바지를 문지르며 심각하게 고민했다. 문을 잠그고 침대 아래 숨어서 시간이 지나길 기다리는 거다. 아침이 되면 어떤 식으로든 결말이 나 있을 테니까.

하지만 곧 마음을 돌렸다. 세상에는 아무리 두렵고 힘들어도 피해선 안 되는 일들이 있다. 도망치는 것도 버릇이다. 무림인의 제자가 되었으니 달라져야지……라기보다는 설마 사부가 당했으랴 싶은 마음이 컸다. 점수를 따려면 이런 때 나서야 한다는 생각에 부엌칼을 찾아 쥐고 조심스럽게 복도로 나갔다.

사부는 거기 있었다. 그는 바닥에 쓰러져 엉금엉금 밖으로 기어가는 중이었다. 그런 사부 옆에 두 사형이 있었다. 그들은 사부의 등에 칼을 찔러 넣느라 내가 지켜보고 있다는 사실을 알지 못했다. 사부는 한 번 찔릴 때마다 헉, 헉, 숨넘어가는 소리를 냈다.

그 소리가 멎고 사형들의 칼질이 그칠 때까지, 나는 얼이 빠져

꼼짝도 하지 못했다. 그때 칼을 거두던 둘째 사형이 내 쪽을 보았다. 이제 죽었구나, 머릿속이 아찔해질 때 그는 내게 피 묻은 손을 까딱이며 말했다.

"막내야, 이리 와서 시체 치워라."

그래서 이 추운 날 밤새도록 땅을 파는 신세가 된 것이다. 도망치고 싶은 마음은 간절하지만 마을은 멀고 칼은 가깝다. 사형들이 쫓아오면 얼마 못 가 잡힐 것이다.

나는 계속 땅을 팠다. 이를 악문 채 파고 또 팠다. 곡괭이질을 하는 것 말고 다른 생각이 들지 않도록. 그러지 않으면 겁이 나서 제정신을 유지하지 못할 테니까.

*

얼마나 시간이 지났을까. 간신히 사람 하나 파묻을 구덩이를 만들었다. 구멍에서 기어 나와 무릎 높이로 쌓인 속흙에 삽을 꽂았다. 다리에 감각이 없고 옷 속까지 온통 흙투성이였다. 펄쩍펄쩍 뛰어 흙을 털어내고 거적을 들췄다. 빨리 일을 끝내고 따뜻한 방으로 돌아가고 싶다. 죽을 때 죽더라도 따뜻한 방에서 죽어야겠다.

그런데 시체가 없었다.

나는 주위를 살폈다. 세상은 어둡고 조용했다. 가끔 무서운 소리를 내며 바람이 몰아칠 뿐이다. 모닥불 빛이 비치는 거리는 얼마 되지 않았지만 시체가 그보다 멀리 갔을 리는 없었다. 시체라면 모름지기 전혀 못 움직여야 정상 아닌가.

처음에는 황당했지만 곧 스멀스멀 두려움이 피어올랐다. 모닥불에서 나뭇가지 하나를 꺼내 들고 조심조심 어둠 속을 걸어갔다. 바람이 싸늘했고 나무 타는 냄새가 코를 찔렀다. 입에 손에 대고 입김을 부는데, 어디선가 조그맣게 웃음소리가 들렸다.

아기가 웃는 것 같은 기묘한 소리.

순간적으로 머리끝이 쭈뼛 섰다.

"누구야?"

소리가 나는 쪽으로 돌아섰을 때 어둠 속에서 벌건 눈알이 번쩍 빛났다. 흐릿한 물체가 맹렬한 기세로 내게 달려들었다. 나는 홰를 있는 힘껏 내던지고 뒤돌아 도망쳤다. 바로 등 뒤에서 놈이 웃는 소리가 들렸다. 그게 무엇인지 돌아볼 배짱은 내게 없었다.

콩 소리가 나게 문을 닫고 빗장을 채웠다. 온몸이 땀으로 흥건했다. 나는 바닥에 주저앉아 숨을 몰아쉬었다. 정말 죽는 줄 알았다. 시발, 아주 잡아먹을 기세로 덮치는데……. 근데 그게 뭐였지? 사람일 리는 없고. 짐승이 웃기도 하나?

설마 귀신?

나는 꿀꺽 침을 삼켰다. 보잘 것 없는 미물도 억울한 죽음을 당하면 원귀寃鬼가 된다고 했다. 사부처럼 무림에서 손꼽히는 고수가 제자들에게 칼침을 맞고 죽었다면 귀신이 되어 나타나도 이상할 게 없다.

그때 대사형의 차분한 목소리가 들렸다.

"막내냐?"

정신이 번쩍 났다. 귀신보다 무서운 게 사형들이다. 귀신이 사람을 해칠 수 있는지는 잘 모르지만 사형들이 사람을 죽일 수 있고, 또한 매우 잘 죽인다는 사실을 알고 있기 때문이다.

나는 후다닥 방으로 들어갔다.

"예, 대사형…… 저 왔습니다."

대사형은 가물대는 촛불 아래서 서책을 보고 있었다. 사부의 방에 있던 궤짝이 사형의 발 아래 놓여 있었다. 거기에 비전秘傳의 무공을 담은 책이 있을지 모른다고 생각한 모양이지만 사실은 『주림야사株林野史』니 『소녀비도경素女秘道經』 같은 제목에 책장마다 여자 벗은 그림이오, 양물이나 음경 같은 적나라한 단어들이 잔뜩인 색정소설에 춘화집밖에 없다. 내가 뒤져봐서 잘 안다.

대사형은 심각한 얼굴로 책장을 넘기다 바닥에 던져버리고 다음 권을 집어 들었다. 그는 다부진 체격에 사나이다운 풍모를 갖춘 남자다. 장터의 이야기꾼이 들려주는 협객 이야기를 들으며 떠올렸던 얼굴과 너무나 비슷해 나도 무공을 열심히 익혀 저런 사람이 되겠다고 다짐한 적도 있었다. 지금 생각하면 한숨이 나올 만큼 한심한 일이다.

"얼굴이 왜 그래? 사부가 죽은 게 슬프냐?"

나는 긴장했다.

"아, 아뇨. 만난 지 며칠 되지도 않았는데요."

"넌 우리를 흉악한 배신자들이라 생각하겠지? 무공을 가르쳐준 사부를 죽인."

"그런 생각……."

한 적 없다니까요. 별로 친한 사이도 아니었어요. 하지만 말이 나오지를 않았다. 내가 머뭇거릴 때 대사형이 물었다.

"사부에 대해 뭘 알지?"

"무공의 천재……라고요. 독학으로 천하 무공을 달통……했다고."

대사형은 고개를 흔들었다.

"독학이 아니야. 사부는 무림인들을 납치, 고문하는 방법으로 무공을 완성했디. 처음에는 삼류 문파의 제자를 잡아다가 죽여 없앴지. 무공이 강해진 다음에는 유명한 문파의 제자들을 납치했어. 몇 달 동안 감금해놓고 알고 있는 모든 걸 뱉어내게 한 다음 죽여버렸지. 그렇게 고수가 된 거야."

나는 어안이 벙벙했다. 그게 가능해? 대사형의 표정을 보니 농담을 하는 것 같지는 않았다. 사부를 도륙 낼 때의 담담한 얼굴에서 큰 변함은 없지만 눈빛이 더럽게 진지했다.

"감정을 낭비하지 마라. 사부는 네가 슬퍼할 가치가 없는 인간이니까. 많은 사람들이 사부를 무공에 평생을 바친 인격자로 알지만 사실은 전혀 달라.”

나는 간신히 알았다고 대답했다. 대사형은 무슨 생각을 하는지 잠시 침묵하다가 불쑥 입을 열었다.

“어찌 됐든 이제는 끝난 일이지. 시체는 잘 묻었니?”

순간적으로 숨이 턱 막혔다. 뭐라고 해야 하나? 거짓말을 할까? 대사형이 아무리 주도면밀한 사람이라도 나가서 확인할 생각까지 는 못 할 것이다. 그래, 긁어 부스럼이란 말도 있잖아. 간단히 넘어 갈 수 있는 일을 어렵게 만들지 말자.

나는 입을 열려다 멈칫했다. 잠깐만! 전부 사형이 꾸민 일이라 면? 내가 믿을 수 있는 놈인지 알아보려고 시체를 숨긴 거라면? 그 렇다면 대답 한마디에 목이 날아간다. 대사형은 내 대답을 기다리 지 않고 다른 책을 펼쳐 들고 있었다. 나는 숨을 깊이 들이마시고 조심스럽게 입을 열었다.

“그게…… 시체가 없어졌는데요.”

책장을 넘기던 대사형의 손이 멈췄다. 그는 고개를 들어 나를 쳐 다보았다. 놀란 얼굴이었다. 모르고 있었구나. 그제야 깨달았지만 이제 와서 농담이라고 말할 수도 없는 노릇이었다.

그가 물었다.

“자세히 말해봐라.”

“그러니까 사형들이 시키신 대로…… 땅을 파고 사부님을 묻으려고 그랬는데……. 잠깐 눈을 뗀 사이에 시체가 어디 갔는지 없어졌지 뭡니까. 찾아보려고 했는데 너무 어둡고 바람은 쌩쌩 불고……."

귀신 이야기까지 할까 하다 그만두었다. 스승을 죽인 인간에게 사부님이 원귀가 돼서 나타나신 것 같다고 말해봐야 좋을 일 없다는 걸 알기 때문이다.

사형이 의자에서 일어나 내게 다가왔다. 나는 이를 악물고 마음속으로 되뇌었다. 때린다면 제발 주먹으로 때리게 해주세요. 칼로 때리는 일은 없게 해주세요. 하늘에 빈 보람이 있는지 사형은 날 지나치며 말했다.

"둘째를 불러."

*

둘째 사형의 방에선 여자의 달뜬 신음 소리가 들려왔다. 처음에는 마음이 허해 환청을 들은 줄 알았다. 하지만 가까이 갈수록 교성은 점점 커져만 갔고 가끔 추임새처럼 사형의 신음 소리가 뒤따랐다.

이건 또 뭐야? 갑자기 여자가 어디서 나타난 거야? 둘째 사형이 바람둥이인 건 진작부터 알았다. 건들대는 걸음걸이며 툭툭 던지는 말투가 딱 홍등가의 기둥서방이었으니까. 하지만 사부가 죽자마자 여자를 끼고 있을 만큼 호색한에 강심장인 줄은 몰랐다. 사부의 죽음을 축하하려고 미리 부른 걸까?

나는 문을 두들기며 조그맣게 말했다.

"사형……."

대답은 없고 여자의 신음 소리가 커졌다. 어떡해야 하나. 그냥 돌아가면 대사형이 좋아하지 않을 것이다. 내키지 않았지만 문을 밀고 들어갔다.

"사형……."

뭔가가 얼굴을 스치고 지났다. 놀라 옆을 보니 벽에 단도가 박혀 부르르 떨리고 있었다. 둘째 사형의 나른한 목소리가 들렸다.

"뭐냐?"

침대 위에 둘째 사형의 벌거벗은 등과 엉덩이가 보였다. 하얗고 모양 좋은 다리 두 개가 그 허리를 휘감고 있었다. 둘째 사형은 고개를 반쯤 튼 채 나를 쳐다보고 있었는데, 그러면서도 허리 놀림을 멈추지 않았다. 그가 허리를 움직일 때마다 여자가 교성을 내질렀다. 사형의 손에 단도 한 자루가 더 들려 있는 것을 보고 나는 급히 말했다.

"대사형이 오시래요."

"잠깐만 기다려라."

나는 문을 닫고 일이 끝나길 기다렸다. 잠시 후 절정에 도달한 신음이 들렸다. 한동안 잠잠했다가 부스럭거리는 소리가 들리고 둘째 사형이 휘파람을 불며 복도로 나왔다. 그는 내 어깨에 팔을 걸

치며 말했다.

"미안하다. 많이 놀랐지?"

"예? 아, 아닙니다."

둘째 사형은 비밀 이야기를 하듯 내 귓가에 속삭였다.

"사부가 데려온 여자야. 그 인간, 가운뎃다리는 오줌 쌀 때만 쓴 줄 알았는데 뒤채에 우리 몰래 여자를 끌어들여놨더라고. 사형에게는 말하지 마라. 그 사람은 필요 없는 인간이라 생각하면 가차 없이 죽이니까. 저런 여자를 죽이는 건 사회적으로 큰 손실……."

둘째 사형은 갑자기 말을 멈추고 내 목덜미에 코를 대고 킁킁 냄새를 맡았다. 소름이 끼쳤지만 참을 수밖에 없었다. 그는 코를 떼고 씩 웃으며 말했다.

"너 총각이지? 풋내가 나."

"예? 예. 제가 아직 어려서……."

"어때? 한번 할래?"

나는 어색하게 웃었다.

"대사형이 빨리 오라고 하셨거든요."

"무슨 일인데 그래?"

"그러니까, 어…… 저기…… 사부님이 없어져서요."

"없어지다니 뭔 소리야? 그 영감 죽었잖아?"

"예. 틀림없이 죽었죠. 그러니까 제 말은 시체가 없어졌다는 건데요. 묻으려고 땅을 파고 보니까 시체가 없어져서……."

"그래?"

둘째 사형이 생각에 잠겼다. 눈치를 보고 있는데 그가 갑자기 어깨동무한 팔을 힘껏 잡아당겼다.

"걱정할 거 없어. 시체에 발이 달린 것도 아니고, 아마 들짐승이 물어 갔겠지. 대사형 그 인간은 별것도 아닌 일을 가지고 부산 떠는 게 특기라니까. 그보다 막내야, 내가 너한테 부탁할 게 있는데 말이지……. 내 부탁 들어줄 거지?"

핏자국은 식당에서 복도로 길게 이어져 있었다. 사부가 흘린 피다. 아직 마르지 않은 피에선 비린내가 진동했다. 대사형은 그 복도 끝에서 횃불을 든 채 우리를 기다리고 있었다. 횃불에서 연기가 뱀처럼 꿈틀꿈틀 피어올랐다.

둘째 사형이 건들건들 다가가며 물었다.

"밖에 나가게요? 시체 하나 없어진 걸 가지고, 사형도 참 소심해."

"확인해봐야 해."

"사부 죽은 건 확실하잖아요. 우리 둘 다 확인했는데. 시체 좀 없어졌다고 무슨 일이 생깁니까?"

"이제 알아봐야지."

대사형은 담담하게 대답하곤 문을 활짝 열었다. 칼날처럼 날카로운 바람이 얼굴 위로 쏟아졌다. 대사형이 앞서서 밖으로 나가자 둘째 사형은 침을 뱉고 조그맣게 중얼거렸다.

"병신 새끼."

그러더니 날 보고 히쭉 웃었다. 우리는 어둠을 헤치고 시체가 있던 곳으로 걸어갔다. 얇게 서리가 맺힌 바닥은 걸음을 옮길 때마다 서걱, 서걱 하는 소리를 냈다. 사형들이 사부를 찌를 때 났던 소리가 생각나 마음이 심란했다.

모닥불은 꺼져 있었다. 대사형은 횃불을 가까이 대고 구덩이 안을 살폈다. 나는 하늘의 알 수 없는 섭리로 사부의 시체가 돌아와 구덩이에 누워 있을지 모른다고 기대했지만 구덩이 안에는 캐다 남은 나무뿌리 몇 줄기만 튀어나와 있을 뿐이었다.

뒤에서 쿵, 하고 둔탁한 소리가 들렸다. 깜짝 놀라 돌아보니 낡은 문짝이 바람에 닫히는 소리였다.

대사형이 물었다.

"시체는 어디 있었지?"

"여기……."

나는 거적때기를 가리켰다. 시체는 사라졌지만 시체에서 흘러내린 피는 아직 남아 있었다. 대사형은 한쪽 무릎을 꿇고 앉아 거적 주위를 살폈다. 늑대의 울부짖는 소리가 정적을 깼다.

둘째 사형이 팔짱을 끼며 말했다.

"저 새끼들이 잡아먹은 모양이네. 삼십 년 내내 산에 거름을 주며 살더니 마지막으로 자기 몸까지 준 셈이군요. 사형, 추운데 그만 들어갑시다."

“끌고 간 자국이 없어.”

“바닥이 얼었으니 그렇겠죠. 이 근처 늑대들이 좀 큽니까? 끼니 때마다 배가 터지도록 먹어대는데…… 사부 정도야 입에 물고 펄쩍펄쩍 뛰어갔을걸요?”

“이걸 봐.”

대사형이 가리키는 곳에는 사람의 발자국이 찍혀 있었다. 정확한 간격으로 흙길을 따라 이어지는 발자국이었다.

“맨발이야.”

대사형은 나를 돌아보며 물었다.

“사부가 신발을 신고 있었나?”

나는 반사적으로 품속에 숨겨둔 신발을 더듬었다. 두꺼운 소가죽 밑창에 최고급 비단으로 지은 신이다. 나쁜 짓인 건 알았지만 사부와 발 크기가 비슷해 유혹을 이길 수가 없었다. 세상에는 사부를 죽이는 나쁜 놈들도 있는데, 죽은 이에게 신발 하나 빌리는 정도야 죄도 아니라고 생각했다.

나는 집을 가리키며 횡설수설했다.

“아뇨. 시체를 끌어내는데 문지방에 걸려서 벗겨졌거든요. 한 짝이 벗겨졌기에 제가 다른 짝도 벗겼는데요. 갑자기 바람이 불어서 저쪽 벌판으로…….”

내가 생각하기에도 터무니없는 소리였지만 다행히 두 사람은 신발의 행방에 관심이 없었다. 둘째 사형이 물었다.

"설마 사부가 일어나서 걸어갔다고 생각하는 겁니까?"

"그럴지도 모르지."

"말도 안 되는 소리. 사부는 죽었어요! 우리가 죽였는데 무슨 소립니까?"

"그럼 저 발자국은?"

"누가 가져갔나 보죠."

"누가?"

"내가 그걸 어떻게 압니까? 세상에 미친놈이 얼마나 많은데. 집에 가서 고아 먹으려고 그랬든 어쨌든, 죽었는데 무슨 상관이에요? 설사 사부의 원수를 갚아줄 오지랖 넓은 놈이 있다고 쳐도 우린 내 일이면 여길 뜰 거잖아요."

어? 그랬어? 그럼 나는? 그냥 보내주나? 아니면…… 두 사람의 눈치를 봤지만 그 부분에 대해 자세한 설명을 해주려는 사람은 없었다. 대사형은 발자국이 난 방향에 시선을 주었다. 그는 어둠을 노려보며 한 자 한 자 또박또박 말했다.

"알아봐야 해."

침묵이 흘렀다. 둘째 사형은 뭔가 마음에 들지 않는지 얼굴을 찡그렸다. 하지만 곧 특유의 삐뚤어진 미소를 지으며 말했다.

"좋습니다. 그렇게 하죠. 사부가 죽었으니 사형이 대장인 걸 제가 깜빡했네요. 가서 뭐가 어떻게 된 건지 확실히 확인해보자고요."

*

우리는 발자국을 따라 걸었다. 발자국은 돌투성이 소로와 황량한 언덕을 지나 산길로 이어졌다. 하늘은 짙은 회색이었고 깊은 밤의 숲은 고요했다.

대사형이 걸음을 멈췄다. 둘째 사형이 놀리듯 물었다.

"왜요? 벌써 지겨워졌어요?"

"발자국이 끊겼어."

대사형이 말한 대로였다. 일정한 간격으로 이어지던 발자국이 길 한가운데서 끊겨 있었다. 나는 소름이 오싹 끼쳐 주위를 둘러보았다. 시선이 닿는 곳 어디에도 발자국은 보이지 않았다. 숲은 고요했고 나뭇가지가 바람에 흔들리며 스산한 소리를 낼 뿐이었다.

"사부가 어딜 갔을까……?"

둘째 사형이 장난기 섞인 말투로 중얼거리다 내게 시선을 주었다.

"막내야. 사부가 어디로 뛰었을 것 같으냐? 하늘로 솟았을까? 땅으로 꺼졌을까?"

"에…… 그러니까 그게…….”

그때 웃음소리가 들렸다. 아기가 웃는 것 같은 기묘한 소리. 내가 들었던 그 소리다.

대사형이 횃불을 움직여 소리가 난 곳을 가리켰다. 흐릿한 물체가 미끄러지듯 숲 속을 지나가고 있었다. 둘째 사형이 빠르게 자세

를 바꾸며 단도를 던졌다. 첫 번째, 두 번째, 세 번째. 단도 세 자루
가 살별처럼 어둠을 뚫고 날아갔다. 그러나 웃음소리는 끄떡도 없
이 우리 주위를 맴돌며 순간 커졌다가, 바람을 타고 날아가듯이 순
식간에 멀어져갔다.

사형들은 바람처럼 빠르게 단도를 날린 곳으로 달려갔다. 산길
에는 나 혼자만 남았다. 사라진 웃음소리가 귓전에 들려오는 듯해
나는 머리가 쭈뼛해서 두 사람을 쫓았다.

길에서 멀리 떨어진 아름드리 소나무 아래 두 사형이 서 있었다.
소나무에 둘째 사형이 던진 단도가 박혀 있었다. 대사형은 단도를
뽑아 냄새를 맡았다.

"피야."

그는 피가 묻은 단도를 우리에게 보여주었다. 피는 산 사람의 것
같지 않게 끈적끈적하니 굳어 있었다. 정말 사부일까? 불의한 제자
들에게 복수하러 놀아온 걸까?

둘째 사형이 말했다.

"아마 여우나 늑대 뭐 그런 놈이었을 겁니다. 입에 죽은 토끼라
도 물고 있었겠죠."

"그럼 웃음소리는?"

"여우란 짐승이 보통 음흉한 게 아니거든요. 마을에 내려와서 닭
을 물어갈 때도 사람 웃음소리를 흉내 내서 주인을 속이죠. 꼭 사부
밥에 독을 탄 누구처럼 영악하죠?"

"사제 말투가 영 거슬리는군."

"그렇게 들렸다면 죄송합니다만 걱정이 돼서요. 사부는 죽었고 이제 우리 형제 셋만 남았지 않습니까. 사형이 으슥한 곳으로 불쌍한 아우들을 데려가는 게 혹시 해코지할 생각이 있어서 그런 게 아닐까 자꾸 그런 의심이 드네요."

두 사람이 서로를 노려보았다. 바람이 불자 하얀 서리가 얼굴에 내려앉았다. 하지만 아무도 움직이지 않았다. 둘째 사형은 박자를 맞추듯 단도로 허벅지를 툭툭 두들겼고 대사형은 팔을 늘어뜨린 채 미동도 하지 않았다.

"난 단지 무슨 일인지 알고 싶을 뿐이야."

그때 어둠 속에서 다시 한 번 웃음소리가 들렸다. 산짐승이 아니라 인간, 살아 있는 인간이 내는 소리임을 확신할 수 있을 만큼 크고 또렷한 웃음소리였다. 둘째 사형이 놀라 웃음소리가 난 곳으로 시선을 주었다.

"아직도 여우라고 생각하나?"

대사형이 조롱하듯 말했다. 웃음소리는 우리 주위를 한 바퀴 돌고 서쪽으로 멀어지기 시작했다. 두 사람은 소리를 따라 움직였다. 나도 죽을힘을 다해 그들을 따라갔다. 대사형이 든 횃불이 어둠 속에 흐릿하게 빛났다. 불빛이라고 보기 힘들 만큼 인색하지만 없는 것보단 나았다. 간신히 두 사람을 따라잡았을 때 그들은 걸음을 멈추고 수풀 너머를 노려보고 있었다. 마치 수풀을 경계로 저쪽으로는 넘어가선 안 되는 것처럼. 하지만 웃음소리는 주위를 맴돌며 우리 유혹하는 것처럼 가까웠다 멀어지기를 반복했다.

둘째 사형이 말했다.

"거름 구덩이군요."

"나도 알아."

대사형이 짧게 대답했다. 나는 가쁜 숨을 몰아쉬며 두 사람을 바라보았다. 거름 구덩이라니? 무슨 뜻이지? 그때 썩은 내가 코를 찔렀다.

조금 전에도 사형들은 비슷한 말을 했었다. 사부가 삼십 년 내내 산에 거름을 줬다고. 한 가지는 분명했다. 둘 다 저 안에 들어가고 싶어 하지 않았다. 웃음소리는 끊일 듯 되돌아오며 유혹하고 있었지만, 대사형도 둘째 사형도 더 이상 꼼짝 하지 않았다.

둘째 사형은 떨떠름한 어조로 말했다.

"이제 그만 털어놔보시죠. 사형이 뭔가 아는 게 있으니까 여기까지 굳이 쫓아온 거 아닙니까. 저 소리는 뭐죠?"

"나도 몰라. 다만 언젠가 사부가 그런 말을 한 적이 있어. 아무나 잡아서 고문하던 초창기에 강시당疆屍堂의 제자를 잡아 온 적이 있었다고. 그때 그자에게 죽어도 죽지 않는 불사不死의 기공을 배웠다고 하더군."

둘째 사형은 피식 웃었다.

"그래서 사부가 되살아난 거라고요? 사형은 사부가 한 말을 믿습니까? 입만 열면 거짓말이었던 사기꾼 아닙니까. 저한테는 소림 역근경과 무당 태극공을 연성했다고 한 적도 있어요.”

대사형은 말했다.

“무공을 다 배우진 못했대. 그자는 강시당의 마지막 생존자였는데 불사의 기공을 절반만 알고 있었다는 거야. 죽었다가 살아나는 건 사실이지만 전보다 훨씬 약해진다더군. 남은 절반만 배우면 천하무적이 될 수 있을 텐데, 하고 아쉬워했어.”

“그렇다면 만의 하나 사부가 살아난 게 사실이라고 해도…… 그리 걱정할 일은 없다는 뜻이군요.”

“그렇겠지…….”

“그럼 뭐가 문젭니까? 들어가죠. 사부만 아니라면 우리 둘이 힘을 합쳤을 때 누굴 못 당하겠어요?”

대사형은 고개를 끄떡이더니 수풀을 헤치고 앞장서 걸어갔다. 둘째 사형이 먼저 가라는 듯 내게 눈짓을 보냈다. 내키지 않았지만 어쩔 수 없었다. 수풀을 헤치고 들어가자 썩은 내가 더욱 짙어졌다. 이렇게 추운 날에도 맡을 수 있을 만한 악취라니, 저 안에는 대체 뭐가 있는 걸까? 진짜 거름일까?

수풀 안쪽에 널따란 공터가 있었다. 산 한가운데 있는 공터. 주위는 온통 나무숲이다. 왜 여기만 나무가 자라지 않은 거지? 갑자기 목덜미에 소름이 돋았다. 어떤 섬뜩함. 그것은 분명 추위와는 달랐다. 나는 비슷한 감정을 기억해냈다.

'그래, 공포야. 공포.'

둘째 사형이 내 어깨에 손을 얹고 속삭였다.

"사부는 이곳에 시체를 가져다 묻었어. 자기가 죽인 무림인의 시체. 그걸 거름이라 불렀지. 세상에 도움이 안 되는 무림인을 죽여서 산과 나무를 풍요롭게 만드니 좋은 일이라고 하더군. 십 년 전부터는 우리가 시체를 처리했지. 멀쩡하게 죽은 시체는 한 구도 없었어. 머리가 박살 나거나 팔다리가 찢기거나 복부가 잘려 내장을 드러내고 있거나 뭐, 다들 그런 꼴이지."

입안이 깔깔했다. 침을 삼키고 싶었지만 입안이 바짝 말라 그럴 수 없었다. 둘째 사형은 목소리가 더욱 작아졌다. 집중하지 않으면 듣기 힘들 정도였다.

"이중엔 우리보다 먼저 사부의 제자가 됐던 사람들도 있었어. 말하자면 우리 사형들인 셈이지. 사부는 제자의 무공이 강해지는 걸 좋아하지 않았거든. 자기기 해온 짓이 있으니까……. 사부가 널 데려왔을 때 우리가 다음 차례라는 걸 알았다. 그래서 우리가 선수를 친 거야. 독을 먹인 다음 칼로 수십 번을 찔렀지. 그런데도 사람을 이렇게 귀찮게 만드니……. 하여간에 지긋지긋한 노인네야."

그는 얼굴을 찌푸린 채 주위를 살폈다.

"이곳에선 풀이 자라지 못해. 구덩이의 썩은 물이 흙 위로 배어 나오거든. 들짐승도 이곳엔 오지 않아. 햇빛이 쏟아지는 대낮에 접근해도 온몸에 소름이 돋거든. 너도 느낄 수 있지?"

나는 고개를 끄떡였다.

"좋아. 그럼 잘해. 이런 곳에 묻히기 싫으면."

둘째 사형은 내 어깨를 두들긴 후 대사형의 뒤를 따라갔다. 온몸에서 식은땀이 났다. 나는 걸음을 옮기며 마음속으로 되뇌었다. 용기를 내. 네 인생에게 가장 중요한 순간이야. 이번 일만 제대로 처리하면 네 인생에도 꽃이 피는 거야. 귀신 따윈 생각하지 마. 지금은 네가 할 일에 집중해.

딴생각을 하다가 대사형의 등에 얼굴을 부딪칠 뻔했다. 그는 힐끔 돌아보곤 팔을 들어 날 뒤로 밀어냈다.

"조심해라. 구덩이에 빠지면 혼자 힘으로는 못 나오니까."

구덩이라니? 아래를 내려다보니 발아래 거대한 공동空洞이 있었다. 내가 판 것보다 수천 배는 더 큰 구멍. 어찌나 깊은지 횃불 하나로는 가장자리밖에 볼 수 없었다. 어두컴컴한 저 밑바닥에서 무언가가 우릴 노려보고 있다는 느낌이 들었다.

대사형이 말했다.

"사부가 판 구멍이 아니야. 이곳 토박이들 말로는 할아버지의 할아버지 때부터 있었다더군. 옛날에는 구덩이 밖까지 나무며 넝쿨이 올라와 있었다는데 지금은…… 아무것도 없지."

둘째 사형이 소매로 코를 가리며 옆으로 다가왔다.

"이놈의 냄새는 아무리 맡아도 익숙해지지 않는다니까. 그래서 사형, 이제 어쩔 겁니까?"

그는 구덩이에 대고 가래침을 뱉었다. 껄렁한 말투와 달리 그의 이마는 온통 땀투성이였다.

"저 안에 사부가 있는지 확인해야지."

대사형은 그에게 횃불을 건네고 품속에서 대나무 통을 꺼냈다. 둘째 사형은 냄새를 맡고 의심쩍은 어조로 물었다.

"석유군요. 이런 걸 챙겨 올 생각을 용케 하셨네요."

"미리 준비했던 거야. 떠나기 전에 여길 태워버릴 생각이었거든."

"왜요?"

"사부는 강시당의 제자에게 다른 기술도 배웠다고 했어. 구시술驅屍術, 시체를 부리는 술법이지. 사부가 시체를 태우지 않고 이곳에 모아놓은 이유가 있었던 거야. 음기陰氣가 모이는 특정한 장소에 천 구의 시체를 던져 넣으면 시체들이 살아나 자신을 죽인 자를 시왕屍王으로 모신다. 이게 바로 강시당의 제자가 털어놓은 강시당의 구시술, 그중에서도 사법邪法이라더군. 사부가 시체를 태우지 않고 이곳에 모아놓은 이유가 바로 그거였던 거지."

"그 말을 믿은 겁니까? 오래전에 썩어 문드러진 자들이 일어나 걸어 다닐 거란 말을?"

대사형은 잠시 침묵하다가 대답했다.

"그때는 믿지 않았지. 근데 지금은 잘 모르겠군. 사부가 살아난 게 사실이라면 저들도 그럴 수 있겠지. 어쨌든 떠나기 전에 정리할 생각이었어. 그게 내가 할 수 있는 최소한의 속죄니까."

"속죄라뇨? 우리가 무슨 죄를 지었는데요?"

"사부를 도왔잖아."

"그리고 죽였죠."

"우리를 위해서였지. 남을 위해서가 아니라."

둘째 사형은 코웃음을 쳤다.

"누군 남을 위해 산답니까? 사형은 너무 생각이 많아요. 무림인답지 않게. 그러니까 무공도 더 나아지지 않는 거예요."

"그런지도 모르지."

둘째 사형은 턱으로 구덩이를 가리켰다.

"그럼 빨리 끝내고 가죠."

대사형은 화통에 불을 붙였다. 차아악, 심지에 불이 붙자 주위가 환해졌다. 대사형은 구덩이 가까이 화통을 내밀었다. 어둠 사이로 구덩이를 가득 채운 시체들이 보였다. 썩어 문드러진 시체들. 나는 충격을 받고 뒤로 물러섰다. 기분 탓일까, 악취가 더욱 심해진 것 같았다.

그때 둘째 사형이 대사형의 두 팔을 잡으며 말했다.

"찔러!"

나는 단도를 꺼내 쥐고 몸을 날렸다. 둘째 사형의 입가에 미소가 맺혔다. 이겼다고 생각한 것이리라. 나는 마지막 순간 방향을 틀어 둘째 사형의 옆구리에 칼을 꽂아 넣었다.

그는 움찔 몸을 떨다가 내게 발길질을 날렸다. 나는 팔을 얻어맞고 바닥을 나뒹굴었다. 그 틈에 대사형이 둘째 사형을 뿌리치고 가슴에 장검을 박아 넣었다. 둘째 사형은 비틀비틀 뒤로 물러서며 창백한 얼굴로 날 쳐다보았다.

나는 눈을 질끈 감았다. 내게 '부탁'을 한 건 둘째 사형만이 아니었다. 대사형 역시 신호를 보내면 둘째 사형을 치라고 했다. 어느 쪽을 택할지 지금껏 고민했다. 결국 나는 대사형을 택했다.

대사형이 말했다.

"사제, 비겁하게 기습이라니 정말 실망이야. 십 년간 한솥밥을 먹은 정리가 고작 그 정도였어?"

둘째 사형은 할 말이 있는 것처럼 입을 벌렸지만 목소리 대신 피거품이 흘러내렸다. 그는 컥, 컥, 신음을 흘리다가 구덩이 안으로 떨어졌다.

"거기 사부가 있나 잘 찾아보라고!"

대사형은 득의하게 웃었다. 까마귀가 울부짖는 듯한 웃음소리가 숲을 울리다가 잦아들었다. 나는 간신히 일어나 구덩이 가까이 다가갔다. 둘째 사형은 구덩이에 먹힌 듯 사라지고 없었다.

대사형이 다가와 머리를 쓰다듬었다.

"잘했다, 막내야."

"감, 감사합니다."

나는 대사형을 곁눈질했다. 다리가 후들후들 떨렸다. 이러다 구덩이로 날 밀어버릴지도 모른다는 생각 때문이다. 대사형은 내 걱정을 알아차렸는지 내 어깨를 꽉 잡았다.

"안 죽여. 인마, 우린 사형제잖아."

둘째 사형은요? 나는 마음속으로 생각했다. 그는 내 생각을 알아챈 것처럼 말을 이었다.

"둘째는 비열한 놈이야. 나와는 전혀 다르지. 내가 죽으면 너까지 처리하려고 들었을걸? 아마 칭찬 한마디 안 해주고 널 저 아래로 밀어버렸을 거다."

나는 억지로 고개를 끄떡였다.

"사실 저놈은 거름도 몇 번 치우지 않았어. 늘 사부 곁에 붙어서 입속의 꿀처럼 굴었지. 지저분한 일은 내가 다 하고."

나는 물끄러미 대사형을 바라보았다. 그는 여느 때와 다름없는 평온한 얼굴이었지만 조금 전의 까마귀 비명과도 같은 웃음소리가 아직도 내 머릿속을 떠나지 않았다. 그건 분명 광기였다. 뭔가 부자연스럽고 사악한 어떤 것이었다.

나는 더듬더듬 말을 꺼냈다.

"그런데 불사기공이랑 구시술은……."

"아? 그거. 신경 쓸 거 없어. 둘째 말대로 사부는 늘 거짓말을 했으니까."

"그럼 여기로 우릴 유인한 자는……?"

"둘째 놈이 수작을 부린 거겠지. 마을에서 낭인 무사를 고용했을 거야. 우릴 여기까지 유인하는 게 임무였겠지. 사제가 죽은 걸 본 이상 벌써 도망쳤을 것이고."

그때 구덩이 아래서 신음이 들렸다. 등골이 오싹했다. 설마 둘째 사형이 살아 있는 걸까? 구덩이 안을 쳐다보는데 어둠 속에서 누군가의 눈이 번쩍 빛났다. 나는 깜짝 놀라 뒤로 물러섰다.

대사형이 물었다.

"왜 그래? 뭐가 있어?"

설마 대사형은 보지 못한 걸까? 문득 바닥에 놓인 화통에 시선이 닿았다. 화통에는 여전히 불이 붙어 있었다. 나는 알 수 없는 충동에 화통을 집어 구덩이에 힘껏 던져 넣었다. 커다란 불길이 순간 확 치솟아 올랐다.

구덩이 안이 불빛에 드러났다. 엄청난 수의 시체가 구덩이 밑바닥에 겹겹이 포개져 있었다. 머리통이 잘려 나가고, 눈알이 뽑히고, 썩은 내장을 드러낸, 처참한 몰골의 거름들이었다. 그들은 살아 움직이고 있었다. 마치 거대한 하나의 덩어리인 것처럼 꿈틀대고 있었다.

거기 둘째 사형이 있었다. 그는 거친 파도처럼 출렁이는 거름들 사이에 끼어 조금씩 아래쪽으로 빨려 들어가고 있었다. 그는 아직 살아 있었지만 비명조차 제대로 지르지 못하고 숨을 헐떡거렸다. 둘째 사형의 가쁜 숨소리가 바로 귓가에서 들리는 것 같았다. 내가 박아 넣은 단도 주변으로 쉴 새 없이 피가 흘러내렸다. 거름들은 불이 붙은 채로도 둘째 사형의 몸에 이를 박고 살을 물어뜯었다.

그 모든 장면은 한순간의 일이었지만 동시에 영겁과도 같았다. 나는 내 눈앞에서 벌어지는 광경에 압도되어 눈을 떼지 못했다. 바지에 오줌을 쌀 만큼 겁에 질려 있으면서도 그랬다. 그때 대사형이 흠, 하고 콧소리를 냈다. 그는 나처럼 놀라지도, 겁을 먹지도 않았다. 그보다는 흥미로운 기색이 역력했다.

"이거 대단한 구경거린데. 사부 말이 진짜였군."

"사형⋯⋯."

"걱정 마. 아무 일도 안 생길 테니까. 사부는 구시술을 완성하지 못했어. 거름을 만드는 방법은 알아냈지만 마지막 단계를 못 거쳤거든. 시왕이 되려면 여자와 교합한 다음 죽어야 한다. 그런 다음 살아났을 때 시왕이 될 수 있는 거지. 생각해보면 간단한 얘기야. 죽어보지 않은 자가 어찌 죽은 자의 주인이 될 수 있겠어? 사부가 지금까지 구시술을 완성하지 못한 이유는 하나야. 죽을 용기가 없었던 거지."

그는 키득대며 웃었다.

"빌어먹을 영감태기, 의심이 어찌나 많은지 색정 소설 사이에 구시술에 대한 기록을 조금씩 감춰놨더군. 내가 워낙 똑똑해서 그걸 찾았지, 둘째 같은 놈은 방에 가져가서 자위행위나 하고 내다 버렸을걸? 그러니까 저런 꼴이나 당하는 거겠지만."

산 채로 잡아먹히는 둘째 사형을 보며 대사형은 다시 키득키득 웃었다. 나는 아무 말도 하지 못했다. 할 말도, 해야 할 말도 떠오르지 않았다. 내 표정을 오해했는지 그가 말했다.

"걱정할 것 없어. 사부는 죽은 거나 다름없다고. 여자와 교합하지 않은 채 죽었으니 저 거름들처럼 살지도 죽지도 않은 상태로 영원히 괴로워할 수밖에 없어. 반쯤 불탄 채로 조금씩 썩어 없어지면서 언젠가 구덩이 안으로 떨어질 신선한 피를 갈구하다 사라지는 거지. 사부에게 딱 어울리는 최후 아닌가?"

그는 다시 까마귀처럼 웃었다. 둘째 사형이 시체들 사이로 완전히 사라졌다. 거름들에게 먹혀 또 다른 거름이 되었음에 틀림없다. 거름이 만든 거름. 거름 속의 거름. 평생 저 어둠 속에서 썩어가며 신선한 살과 피를 갈구하며 살아야 한다. 나는 얼른 이 자리를 피하고 싶어졌다.

"대사형, 그만 내려가요."

"왜? 재미있잖아."

희열로 가득한 그의 얼굴을 보는 순간 구역질이 치밀어 올랐다. 나는 대사형에게서 한 걸음 물러섰다. 뭔가가 잘못되었다는 건 느낄 수 있었지만 그게 뭔지는 알 수 없었다.

나는 나직하게 중얼거렸다.

"사형……."

그때 거름들이 비명을 지르기 시작했다. 입이 달려 있는 자는 귀청이 찢어지는 소리를 냈고 입이 썩어 없어진 자는 소리 없이 절규했다. 거름들이 사방으로 갈라지고 구덩이 깊은 곳에서 그가 나타났다.

사부다.

사부는 한 손에 둘째 사형의 머리를 들고 있었다. 뼈가 부서지고 살점이 파 먹힌 둘째 사형의 머리에는 한쪽 눈만 남아 있었는데, 그는 간헐적으로 눈을 깜빡이며 사부를 쳐다보려 애쓰고 있었다. 사부는 둘째 사형의 머리에 손을 찔러 넣어 뇌수를 꺼내 입으로 가져갔다. 둘째 사형의 눈꺼풀이 바르르 떨렸다.

나는 도저히 참지 못하고 토하기 시작했다. 대사형은 우두망찰한 채 서 있었다. 그의 입에서 신음과도 같은 말이 흘러나왔다.

"어떻게 구시술을 완성했지……?"

나는 한 가지 사실을 깨달았다. 둘째 사형의 방에 있던 여자. 사부가 부른 여자라고 했다. 사부가 여자와 교합을 마친 다음 살해당했다면? 그렇다면?

사부는 비쩍 마른 손가락으로 대사형을 가리켰다. 대사형은 움찔하고는 구덩이 가까이 다가갔다. 마치 누군가 팔다리를 밧줄로 칭칭 감아 잡아당기는 것처럼 비틀거리며 앞으로 나아갔다. 그는 겁에 질린 얼굴로 날 돌아보았다.

"막내야, 나 좀 도와줘……."

하지만 발이 떨어지지 않았다. 대사형은 구덩이 바로 앞에 서는가 싶더니 천천히 그 안으로 뛰어내렸다. 나는 잠시 얼어붙었다가 본능적으로 돌아서 뛰기 시작했다. 등 뒤에서 무시무시한 비명이 들려왔다. 그 비명을 다시 사부의 웃음이 덮었다. 나는 뒤돌아보지 않고 도망쳤다. 팔다리를 사방으로 휘두르며 새벽이 올 때까지 쉬지 않고 달렸다. 사부의 웃음은 언제까지고 계속해서 귓가에 메아리쳤다.

하늘이 잿빛으로 변하고 해가 떠오르기 시작했을 때 바닥에 주저앉아 숨을 몰아쉬었다. 뒤를 돌아보니 저 멀리 검은 산이 보였다.

거름 구덩이가 있는 산이.

나는 무림을 떠났고 누구에게도 금룡대협 장사철의 제자였다는 사실을 말하지 않았다.

*

그 뒤로도 오랫동안 그 구덩이의 깊은 어둠이 생각나 잠을 이루지 못했다. 대사형의 마지막 비명, 둘째 사형의 파르르 떨리던 눈꺼풀, 그리고 벌레처럼 꿈틀대던 수많은 거름들. 눈만 감으면 그때의 광경이 떠오른다. 처음에는 그저 괴로울 뿐이었다. 하지만 언제인가부터 생각이 달라지기 시작했다. 내가 시왕이 된다면 어떨까. 시체를 마음대로 부릴 힘을 가진다면? 지금과 다른 삶을 살 수 있지 않을까.

'사부의 색정 소설.'

대사형은 거기에 구시술에 대한 기록이 감춰져 있다고 했다. 그

책, 그 책만 있다면 나도 고수가 될 수 있을 텐데. 지금처럼 골방에 처박혀 술이나 축내는 쓰레기로 살지 않아도 될 텐데.

하지만 산으로 돌아갈 용기가 나지 않는다. 숙소 문을 열고 들어가면 사부와 사형들이 기다리고 있을지 모른다는 생각 때문에. 하지만 언젠가, 언젠가 그곳에 가게 될 것이다.

거름 구덩이의 산에.

2006년 가을부터 2012년 여름 사이에 작업한 단편 여섯 편을 모았다. 운 좋게 기회가 생길 때마다 공들여 작업했다. 이중 몇 편은 장편을 쓸 때보다 오래 고쳐 썼다. 아끼는 단편들이 한 권의 책이 되어 세상에 나가니, 좋다.

2012년 8월

한상운

보라의 트렁크

© 한상운, 2012

초판 1쇄 인쇄 2012년 8월 2일
초판 1쇄 발행 2012년 8월 17일

지은이   한상운
펴낸이   강병준
주간   정은영
책임편집   신주식
편집   황여정 박소이
제작   고성은
영업   조광진 장성준 박제연 김우진
E-콘텐츠사업   정의범 조미숙 이혜미

펴낸곳   ㈜자음과모음
출판등록   2001년 11월 28일 제313-2001-259호
주소   121-840 서울시 마포구 서교동 396-33번지
전화   편집부 02) 324-2347 경영지원부 02) 325-6047
팩스   편집부 02) 324-2348 경영지원부 02) 2648-1311
이메일   neofiction@jamobook.com
홈페이지   www.jamo21.net
독자카페   cafe.naver.com/jamoneofiction

ISBN 978-89-544-2819-4 (03810)